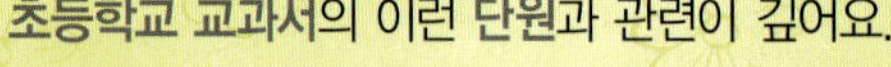

〈얼쑤, 흥겨운 가락 신 나는 춤〉은
초등학교 교과서의 이런 단원과 관련이 깊어요.

얼쑤 흥겨운 가락 신 나는 춤

우리누리 글 ● 홍수진 그림

주니어중앙

어린이가 꿈을 키우는 터전

꿈 많은 어린 시절엔 장대한 역사와 위대한 문화유산에 관한
책을 읽는 것이 좋다.
거기에는 어린이가 꿈을 키우는 터전이 있기 때문이다.
감수성 예민한 어린 시절엔 흥미로운 그림을 통하여
재미있게 이야기를 풀어간 책이 좋다.
그것은 시각적 인식을 통해 어린이의 상상력을 자극하기 때문이다.
『오십 빛깔 우리 것 우리 얘기』는 이런 필요조건을 갖춘
고급 어린이 교양도서라 할 만한 것이다.

유홍준
(전 문화재청장, 현 명지대 교수,
『나의 문화유산 답사기』 저자)

이 책을 추천해 주신 선생님들

● 전래놀이, 풍속과 관련된 수업에 활용하고 있습니다. 옛 풍속과 관련해서 요즘에는 잘 사용하지 않는 용어들이 있어서 아이들이 어려워하는데, 이 책에는 사진 자료와 함께 쉽고 정확하게 설명이 되어 있어 아이들이 이해하기 쉽게 되어 있습니다.
— 손영수 선생님(가사초등학교)

● 아이들이 우리의 전통문화를 쉽게 접할 수 있도록 도움을 주는 소중한 자료입니다. 우리 학교의 독서 퀴즈 대회에서 매년 사용하는 책이랍니다.
— 성주영 선생님(도당초등학교)

● 우리의 옛 풍습과 문화, 관혼상제 등에 대해 자세히 설명되어 있어 수업을 하기 전에 미리 읽어 오라고 하는 도서입니다.
— 전은경 선생님(용산초등학교)

● 우리의 문화와 역사를 초등학생들이 이해하기 쉽도록 재미있는 옛이야기로 풀어낸 점이 가장 마음에 듭니다. 초등 교과와 연계된 부분이 많아 학교 수업에 많이 활용하는 도서입니다.
— 한유자 선생님(삼일초등학교)

김임숙 선생님(팔달초)	조윤미 선생님(화양초)	이경혜 선생님(군포초)	염효경 선생님(지동초)
오재민 선생님(조원초)	박연희 선생님(우이초)	박혜미 선생님(대평중)	이진희 선생님(수일초)
최정희 선생님(온곡초)	정경순 선생님(시흥초)	박현숙 선생님(중흥초)	김정남 선생님(외동초)
이광란 선생님(고리울초)	김명순 선생님(오목초)	신지연 선생님(개포초)	심선희 선생님(상원초)
문수진 선생님(덕산초)	정지은 선생님(세검정초)	정선정 선생님(백봉초)	김미란 선생님(둔전초)
김미정 선생님(청덕초)	조정신 선생님(서신초)	김경아 선생님(서림초)	김란희 선생님(유덕초)
정상각 선생님(대선초)	서흥희 선생님(수일중)	윤란희 선생님(안산시근로자시민문화센터어린이도서관)	

『오십 빛깔 우리 것 우리 얘기』 시리즈가 처음 출간된 지 어느덧 16년이 되었습니다. 그동안 수많은 어린이와 부모님, 그리고 선생님들의 사랑을 받으며 전 50권이 완간되었고, 어린이 옛이야기 분야의 고전(古典)이자 스테디셀러로 굳건히 자리매김해 왔습니다.

이 시리즈는 '소중히 지켜야 할 우리 것'에 대한 이야기를 어린이를 위해 '쉽고 재미있게' 풀어쓴 책입니다. 내용으로는 선조들의 생활과 풍습 이야기, 문화재와 발명품 이야기, 인물과 과학기술·예술작품 이야기, 팔도강산과 고유 동식물 이야기 등 우리나라 역사와 전통문화 모든 영역을 총망라하고 있습니다. 그리고 이를 50가지 주제로 엮어 저학년 어린이도 얼마든지 볼 수 있도록 맛깔나는 옛이야기로 담아냈습니다. 장대한 역사와 위대한 문화유산을 배우기에 옛이야기만큼 좋은 형식도 없기 때문입니다.

대한민국 국민으로서 알아야 하고 전해야 할 우리 것, 우리 얘기는 아주 많습니다. 그동안 이 시리즈를 통해 많은 어린이가 우리 것을 알게 되고, 우리 얘기를 사랑하게 되었을 것입니다. 시간이 흘러도 역사와 전통문화의 향기는 변하지 않기 때문입니다.

하지만 저희는 그 향기를 담아내는 그릇이 그간 색이 바래고 빛을 잃었다는 사실에 가슴이 아프고 안타까웠습니다. 그래서 책에서 전하는 우리 것의 향기를 오롯이 담아낼 수 있는 새로운 그릇을 찾고자 하였습니다. 그 그릇을 통해 향기가 더욱 그윽해지고 멀리까지 퍼져서 수백 년, 수천 년 전의 우리 것이 오늘날에도 살아 숨 쉴 수 있도록 생명력을 주고자 하였습니다.

이에 몇 가지 원칙을 가지고 『오십 빛깔 우리 것 우리 얘기』 시리즈를 새롭게 출간하게 되었습니다.

◎ 원작이 가지는 옛이야기의 맛과 멋을 그대로 살렸습니다.

◎ 요즘 독자들의 감각에 맞추어 디자인과 그림을 50권 전권 전면 개정하였습니다.

◎ 교과 학습의 길잡이가 될 수 있도록 연계 교과를 표시하였습니다.

◎ 학습정보 코너는 유익함과 재미를 함께 줄 수 있도록 4컷 만화, 생생 인터뷰,
  묻고 답하기 등으로 내용을 재구성하였고, 최신 정보와 사진을 수록하였습니다.

◎ 도표, 연표, 역사신문, 체험학습 등으로 권말부록을 풍성하게 꾸며서
  관련 교과 학습을 강화하였습니다.

이 책을 처음 읽었을 8살 꼬마 독자는 지금쯤 나라와 민족에 긍지를 가진 25살 자랑스러운 대한민국 청년이 되었을 것입니다. 그 청년이 부모가 되어서도 자녀에게 다시 권할 수 있는 그런 책이 되기를 바라며, 이 시리즈를 오십 빛깔 그릇에 정성껏 담아 내어놓습니다.

2010년 가을 주니어중앙

저절로 어깨가 들썩이는 우리 춤과 노래

우리는 오랜 역사와 문화를 지닌 민족이에요. 그 오래된 역사만큼이나 자랑거리도 아주 많아서 뛰어난 문화와 예술이 지금까지도 이어져 오고 있답니다.

문화와 예술이라고 하면 왠지 고리타분하고 재미없을 거라는 생각이 드나요? 그렇지 않아요. 문화와 예술에는 우리 조상들의 지혜와 숨결이 배어 있거든요. 우리들에게 대대로 이어져 내려온 것이기 때문에 무엇보다도 정겹고 우리 민족의 정서가 잘 배어난답니다. 민족의 정서는 자신도 모르게 우리들의 마음에도 자리 잡고 있어요.

오랫동안 우리에게 전승돼 온 문화적, 예술적 가치가 높은 것을 문화재라고 해요.

　우리가 잘 알고 있는 눈으로 보는 문화재를 유형 문화재라 하고, 눈으로 보이지 않는 것을 무형 문화재라고 하지요.

　무형 문화재에서 가장 많은 것이 춤과 노래예요. 재미있는 노래, 신나는 춤, 제사를 지내기 위해 경건하게 연주하는 음악과 노래 등 매우 다양하지요.

　이 책은 우리가 미처 몰랐던 전통 음악과 노래, 춤 등을 재미있고 알기 쉽게 소개했어요. 주로 무형 문화재를 소개했지만, 무형 문화재로 지정되지 않은 사물놀이는 우리 전통 문화를 외국에 알리는데 크게 이바지했기 때문에 특별히 소개했어요.

　우리 민족의 역사와 전통을 잘 가꾸고 보전해야 하는 것을 명심하세요. 자기 민족의 역사와 전통을 잃어버린 민족은 모두 멸망의 길을 걷게 되거든요. 오늘부터라도 우리의 전통 음악과 노래, 춤에 관심을 가져 주세요.

어린이의 벗 우리누리

차례

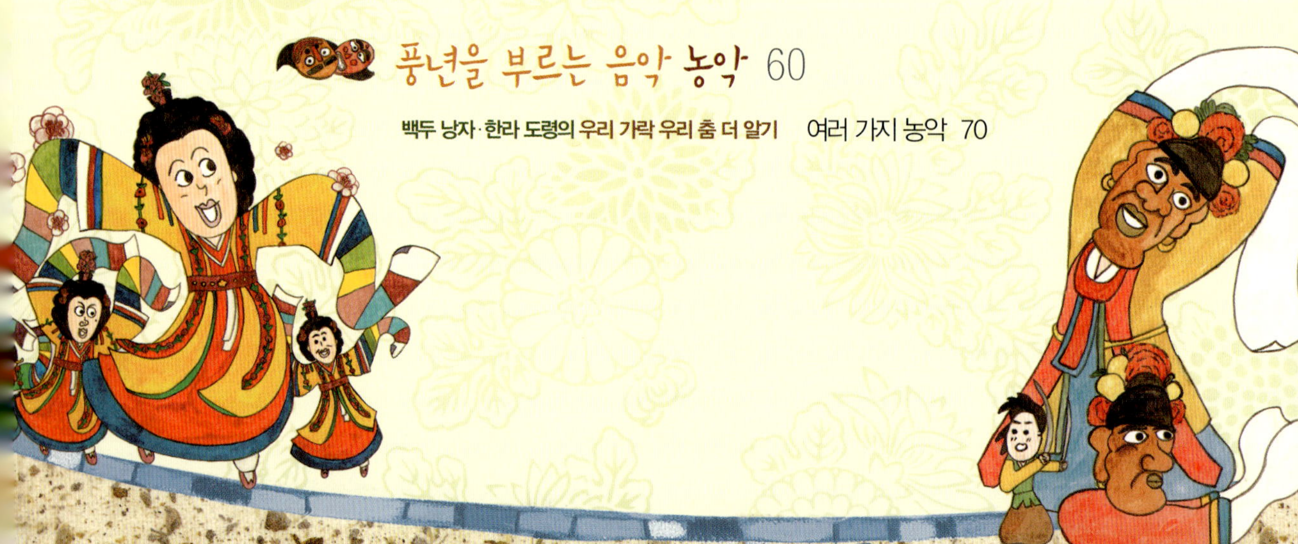

노래로 풀어낸
이야기
판소리

어린 삼득이는 울면서 애원했어요. 그러나 아버지와 형들은 삼득이가 노래 부르는 것을 허락하지 않았어요.

"노래는 천한 백성들이나 부르는 것이야. 양반은 글공부를 해서 큰 벼슬을 해야 한다. 그러니 광대짓은 그만두고 글공부나 열심히 하거라."

옛날에는 노래 부르는 사람을 천하게 여겨서 '광대'라고 불렀어요. 하지만 삼득이는 글공부보다 노래 부르는 것이 훨씬 더 좋았지요.

삼득이가 계속 고집을 피우자 집안 어른들의 걱정은 이만저만이 아니었어요. 그래도 삼득이는 눈 하나 깜짝하지 않았어요. 여전히 시간이 날 때마다 산으로 들로 돌아다니며 노래를 불렀어요.

"네가 계속 노래를 부른다고 고집을 피우면 용서하지 않겠다."

화가 머리끝까지 치솟은 아버지와 형 그리고 집안 어른들은

삼득이를 마당으로 끌어냈어요. 마당에는 몽둥이를 든 하인들이 눈을 부릅뜨고 삼득이를 노려보고 있었지요.

"자, 이래도 노래를 계속 부를 테냐?"

삼득이는 이미 죽기를 결심한 듯 태연하게 말했어요.

"어차피 죽을 목숨 마지막으로 노래나 한번 부르게 해주세요."

그 말을 들은 집안 어른들은 기가 막혔지만 마지막 소원이니 들어주자고 의견을 모았어요.

"고맙습니다."

삼득이는 아버지와 형, 집안 어른들을 향해 큰절을 하고 노래를 부르기 시작했어요. 삼득이가 부르는 노래는 슬프고 애절해서, 노래를 듣던 사람들은 모두 눈물을 흘렸지요.

“저 녀석이 우리 집안을 창피하게 만들었지만 노래를 썩 잘하니, 집에서 내쫓아 노래나 실컷 부르면서 살게 합시다.”

삼득이는 그 길로 집에서 쫓겨났어요. 부모님과 헤어져야 하는 것이 슬펐지만 삼득이는 이를 악물었어요. 그리고 스승을 찾아 노래 공부를 시작했어요.

“명창이 되려면 공부를 열심히 해야 한다. 노래 부르는 재주가 조금 있다고 해서 누구나 명창이 될 수 있는 것은 아니다. 삼득이 너도 얕은 재주만 믿지 말고, 이제부터 열심히 노력하거라.”

'명창'이란 '노래를 뛰어나게 잘 부르는 사람'을 뜻하는 말이에요. 삼득이는 판소리 명창이 되고야 말겠다고 다짐했어요. 밤낮을 가리지 않고 매일 목이 터져라 창을 연습했어요.

"너는 창은 잘 하지만 아니리가 부족하다. 명창이 되려면 창과 아니리, 발림까지 모두 잘해야 하지. 그러니 좀 더 노력하도록 해라."

삼득이는 '창'이 노래를 말하는 것은 알았지만 '아니리'나 '발림'이 무엇인지는 잘 몰랐어요. 삼득이가 고개를 갸우뚱거리자 스승이 자상하게 가르쳐 주었어요.

"원래 판소리에는 노래뿐만 아니라 구성진 이야기도 있어야 하지. '아니리'는 이야기를 말하는 거야. 그러니까 판소리는 노래와 이야기를 함께 하는 것이야.

그리고 '발림'은 어깨춤
이나 손짓, 발짓 등의 연기
를 말하는 거야. 노래를 하
거나 이야기를 하면서 흥
이 날 때, 덩실덩실 춤을
추는 것도 다 '발림'이지.
이제 알겠느냐?"

스승의 말에 삼득이는 고개를 끄덕였어요.

판소리에는 반드시 고수가 있어야 해요. '고수'는 북이나 장구를
치며 장단을 맞춰 주는 사람이에요. 판소리를 듣다가 흥이 나면
고수나 관객이 '얼씨구' 혹은 '절씨구', '잘한다', '그렇지' 등의 말을
하는데 이것을 '추임새'라고 해요. 고수나 관객이 추임새를 해주면
판소리 하는 사람은 더욱 신이 나지요.

우리나라의 전통 음악인 판소리는 어느 한순간에 불쑥 생겨난
것이 아니에요. 노래와 춤을 좋아하는 우리 민족이 처음 생겨났을
때부터 판소리도 함께 생겨나기 시작했거든요. 물론 옛날의 판소
리는 지금처럼 완성된 판소리가 아니었어요. 차츰차츰 발전하다가
조선 시대 중엽에 이르러 지금과 같은 판소리의 형태를 갖추게 되

었지요.

　"우리 판소리에는 모두 열두 마당이 있단다. 이도령과 성춘향이 나오는 '춘향가', 효녀 심청이 나오는 '심청가', 욕심 많은 형과 착한 아우의 이야기인 '흥부가', 토끼의 간을 구하려는 거북과 토끼의 꾀를 다룬 '수궁가', 조조와 제갈공명 이야기인 '적벽가' 그리고 '변강쇠 타령', '배비장 타령', '옹고집 타령', '강릉 매화 타령', '장끼 타령', '왈자 타령', '가짜 신선 타령' 등 모두 열두 마당이지. 이 열두

마당을 다 배우려는 생각은 하지 말거라. 평생 동안 한 가지만 잘해도 대단한 일이니까.”

삼득이는 스승의 가르침대로 열심히 공부해서 마침내 명창이 되었어요. 이 사람이 바로 조선 영조 임금 때 명창으로 알려진 권삼득이에요. 물론 권삼득 이전에도 많은 명창이 있었지만, 안타깝게도 기록으로 남아 있지 않아 누구였는지 알 수는 없어요.

판소리 열두 마당 중에서 현재까지 가사와 곡조가 함께 전해지는 것은 ‘춘향가’, ‘심청가’, ‘흥부가’, ‘수궁가’, ‘적벽가’ 등 다섯 마당뿐이랍니다.

판소리는 자유분방하고 즉흥적인 예술이에요. 소리꾼이 공연할 때의 상황과 관객들의 반응에 따라 판소리를 조금씩 다르게 부르거든요. 이것이 판소리의 매력이랍니다.

판소리는 부르는 방식에 따라 동편제와 서편제로 나뉘요.

노래 부를 때 특별한 기교를 부리지 않고 배에서 나오는 소리로만 부르는 방식을 '동편제'라고 하고, 기교를 많이 부리는 방식을 '서편제'라고 하지요. 서편제는 배에서 나오는 소리만 가지고 노래를 하는 것이 아니라 소리를 만들어서 하는 것이에요. 전라도 섬진강을 경계로 동쪽과 서쪽 지방으로 나누어 동편제, 서편제로 갈렸답니다.

판소리를 얘기할 때 빼놓을 수 없는 사람이 있는데, 바로 신재효예요. 조선 말엽 사람인 신재효는 형식 없이 불리던 판소리를 통일해 '춘향가', '심청가', '박타령', '가루지기 타령', '토끼타령', '적벽가'의 여섯 마당으로 추리고 말투를 실감 나게 고쳐 독특한 판소리 사설을 만들었어요. 또한 판소리를 모아 기록으로도 남겼지요. 신

재효는 당시에 천대받던 판소리 명창들의 어려운 생활을 도와주면서 판소리 사설을 모아 책으로 엮어 놓았지요. 그의 가르침을 받은 김세종, 전해종, 전채선, 허금파 등은 명창이 되었답니다.

백성들의 희노애락을 음악으로 표현한 판소리는 우리 민족의 정서를 나타내는 전통 예술이에요. 이런 이유로 판소리는 1964년에 무형 문화재로 지정되었고, 2003년 11월 7일 유네스코 세계 무형 유산으로도 지정되었어요.

판소리의 구성 요소

판소리는 소리꾼만 중요한 게 아니에요. 소리꾼을 도와주는 고수와
소리를 들어주는 관객도 매우 중요하지요.
그럼 판소리와 관련된 것에는 무엇이 있는지 알아볼까요?

판소리는 소리를 하는 소리꾼과 고수, 관객이 하나가 되어 공연하는 예술이에요. 고수는 북으로 장단을 맞추며 '얼쑤, 좋다', '잘한다.' '그렇지' 등의 추임새를 넣는 사람을 말해요. 고수는 소리꾼의 소리를 따라가는 것이 아니라 북으로 판소리의 박자, 속도, 강약 등을 조절하는 역할을 해요. 소리꾼이 힘들거나 지치지 않도록 추임새를 넣어 분위기를 고조시키는 역할도 하지요. 예전에는 '판소리에서 첫째는 고수고, 둘째가 명창이다.' 라는 말을 할 정도로 고수의 역할을 중요하게 생각했답니다.

판소리는 노래만 부르는 소리로만 진행되는 것이 아니라 말과 몸짓이 함께 있는 공연이에요. 소리꾼이 판소리 중간에 말로 이야기를 풀어 나가는 '아니리', 흥을 더욱 풍부하게 해주는 '발림'이 있지요.

아니리를 할 때는 명확하고 설득력 있게 하는 것이 좋아요. 소리보다 아니리를 많이 하게 되면 판소리의 짜임새가 흐트

판소리 반주에 쓰이는 소리북이에요. 북통에 흰 가죽을 씌우고 양면에 가죽을 대서 만들어요.

러지기 때문에 알맞게 조화를 이루어야 한답니다.

발림은 '너름새'라고 부르기도 하는데 그 자리에 엎어지며 울부짖는 행동을 취하기도 하고, 호령하듯이 부채를 뻗기도 해요. 아니리와 발림 또한 판소리의 흥을 더욱 돋아주는 장치예요.

추임새는 흥을 돋우는 역할뿐만 아니라 소리꾼이 음을 길게 끌거나 다음 음을 내지르기 위해 소리가 잠깐 쉴 때, 그 여백을 채워 주는 역할을 해요. 추임새가 빠지면 지루하고 밋밋하기 때문에 판소리가 생명력이 없게 느껴져요. 추임새를 하는 방법은 슬플 때는 낮은 소리로 기쁠 때는 높은 소리를 리듬적으로 해야 해요. 추임새는 소리와 동떨어지지 않고 조화로워야 하고, 짧고 간결하게 감정을 넣어서 하는 게 좋답니다.

가면 속에 숨은 세상 탈춤

"여보게들, 어서 떠나세."

말뚝이 할아버지가 자꾸 재촉을 했어요. 오늘은 탈꾼들이 탈춤

연습을 하기 위해 뒷산 절로 떠나는 날이기 때문이에요.

"꽃분아, 나 다녀올게."

"잘 다녀와. 단옷날 꼭 구경하러 갈게."

옆집 덕만이의 인사에 꽃분이는 부끄러운 듯 겨우 대답했어요.

"이 녀석아, 빨리 오지 못해!"

말뚝이 할아버지가 덕만이에게 버럭 소리를 질렀어요.

꽃분이는 창피해서 얼른 집으로 달아났어요. 덩달아 덕만이의 얼굴도 빨개졌고요. 지난 해까지만 해도 덕만이는 마을 사람들 사이에서 봉산 탈춤을 구경만 했어요. 아저씨들의 신명 나는 탈놀이에 덕만이는 넋을 놓곤 했지요.

'나도 탈놀이에 끼고 싶은데…….'

덕만이는 시간이 날 때마다 마당에서 탈춤을 추며 놀았어요. 앞집에 사는 말뚝이 할아버지는 그 모습을 흐뭇하게 바라보곤 했지요. 드디어 올해 덕만이는 탈꾼으로 뽑혔어요. 다른 친구들도 탈꾼으로 뽑히기 위해 노력했지만 말뚝이 할아버지와 취발이 아저씨가 덕만이를 데려가기로 결정했어요. 말뚝이 할아버지는 아주 오랫동안 탈꾼 노릇을 했는데 말뚝이 역할을 잘해서 '말뚝이'라는 별명으로 불렸어요. 취발이 아저씨는 취발이 역할을 잘하는 탈꾼이었고요.

이윽고 말뚝이 할아버지와 덕만이 일행은 절에 도착했어요.

"먼저 탈을 만들어야 하니까 준비를 하게."

사람들이 준비를 마치자 말뚝이 할아버지는 바쁘게 돌아다니며

탈 만드는 방법을 자세히 가르쳐 주었어요.

"옛날에는 봉산 탈춤에서 쓰는 탈도 나무를 깎아서 만들었지. 취발이 저 친구가 탈을 아주 잘 깎았는데……."

말뚝이 할아버지의 말에 취발이 아저씨는 쑥스러워하며 머리를 긁적였어요.

"하지만 나무탈은 만들기가 어렵고, 시간도 오래 걸리지. 그래서 종이탈을 만들기 시작한 거야. 자, 우선 이렇게 흙을 기왓장 위에 놓고 탈의 형태를 만들면 된다네."

말뚝이 할아버지는 찰흙을 주물러서 금세 얼굴 모양을 만들었어요. 취발이 아저씨도 말뚝이 할아버지처럼 금세 흙탈을 만들었지요. 다른 사람들도 곧잘 탈을 만들었어요. 덕만이는 아무리 하려고 해도 모양이 잘 만들어지지 않아 애를 먹었지요.

"흙탈을 만들었으면 그 위에 얇은 종이를 여러 번 발라서 말려야 해. 그리고 그 속에 들어 있는 흙을 파내는 거야. 입과 코는 칼로 구멍을 뚫어 만들면 되고."

덕만이는 취발이 아저씨의 도움을 받아 겨우 탈을 만들었어요. 탈 모양이 조금 우습게 되긴 했지만 덕만이는 기분이 아주 좋았어요. 종이탈이 마르는 동안 사람들은 춤과 노래 연습을 했어요.

"어휴, 힘들어. 볼 때는 재미있었는데 직접 해 보니까 너무 힘드네."

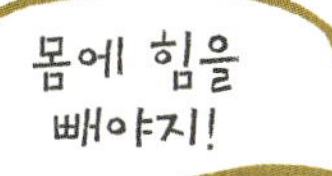

"이 녀석아, 앞으로 한 달 동안 연습해야 하는데 벌써 힘들다고 하면 어떻게 해!"

취발이 아저씨가 어느새 곁에 와서 덕만이의 머리에 꿀밤을 먹였어요.

"꽃분이가 네 녀석 꼴을 보면 이쁘다고 하겠다."

덕만이는 부끄러워서 얼굴이 빨개졌어요. 취발이 아저씨는 처음부터 다시 춤을 가르쳐 주었어요.

"자, 따라 해 보거라. 몸에 힘을 다 빼고 오른팔을 비스듬하게 앞으로 뻗어. 팔에 힘주지 말고, 왼팔은 뒤편으로 비스듬하게 늘어뜨리고. 옳지, 그렇게 하면서 어깨를 들썩해 보거라. 옳거니, 잘한다. 이번에는 앞으로 나가면서 팔을 바꾸어서. 이 녀석아! 앞으로 나간 쪽 손바닥은 땅을 봐야지. 왜 하늘에다 손바닥을 벌려? 떡이라도 달라는 거냐? 자, 다시

한번 해 보거라. 옳지, 잘한다.”

드디어 단옷날이 되었어요. 말뚝이 할아버지는 사람들을 다시 마을로 이끌며 말했어요.

“그동안 고생이 많았네. 오늘 밤은 신 나게 놀아 보세나.”

봉산 탈춤의 첫 번째 순서는 길놀이예요. ‘길놀이’는 사람들에게 탈춤을 구경하라고 알려주기 위해 마을을 한 바퀴 도는 거예요.

악기를 연주하는 잡이들이 맨 앞에 서고, 그 뒤를 사자탈이 따랐어요. 사자 뒤에는 말뚝이, 취발이, 포도부장 등의 순서로 줄을 이었어요. 덕만이도 줄 뒤쪽에 서서 덩실덩실 춤을 추며 구경꾼들을 두리번거렸어요. 덕만이는 꽃분이를 찾았지만 보이지 않았어요.

‘이상하네. 꼭 구경하러 온다고 했는데…….’

마을을 한 바퀴 돈 탈꾼들은 놀이판에 도착하여 한바탕 덩실덩실 춤을 추며 분위기를 돋우었어요. 구경꾼들도 탈꾼들을 따라 춤을 추었어요. 목중탈을 쓴 덕만이도 신 나게 춤을 추었어요.

잡이들의 연주가 멎으면서 탈꾼들이 춤을 멈추고 자리로 돌아갔어요. 사람들도 모두 놀이판 밖으로 나갔지요. 이제부터 진짜 봉산 탈춤이 시작되는 거예요.

덕만이는 긴장되어 침을 꼴깍 삼켰어요.

“긴장하지 말고 연습한 대로만 하거라.”

취발이 아저씨가 덕만이 어깨를 두드려 주었어요. 그때 덕만이의
눈이 번쩍 뜨였어요. 구경꾼들 속에서 꽃분이를 발견한 거예요.

“이 녀석아, 어디를 가? 이제 나갈 차례인데……:”

“꽃분아, 나야 나!”

덕만이가 탈을 벗어 보이자 꽃분이가 환하게 웃었어요.

“이 녀석아. 어서 나가지 못해!”

취발이 아저씨가 덕만이의 등을 철썩 때렸어요. 덕만이는 싱긋
웃고 탈판으로 달려나갔어요.

“하하하. 그 녀석 참.”

덕만이의 행동에 취발이 아저씨와 구경꾼들이 왁자하게 웃었고,

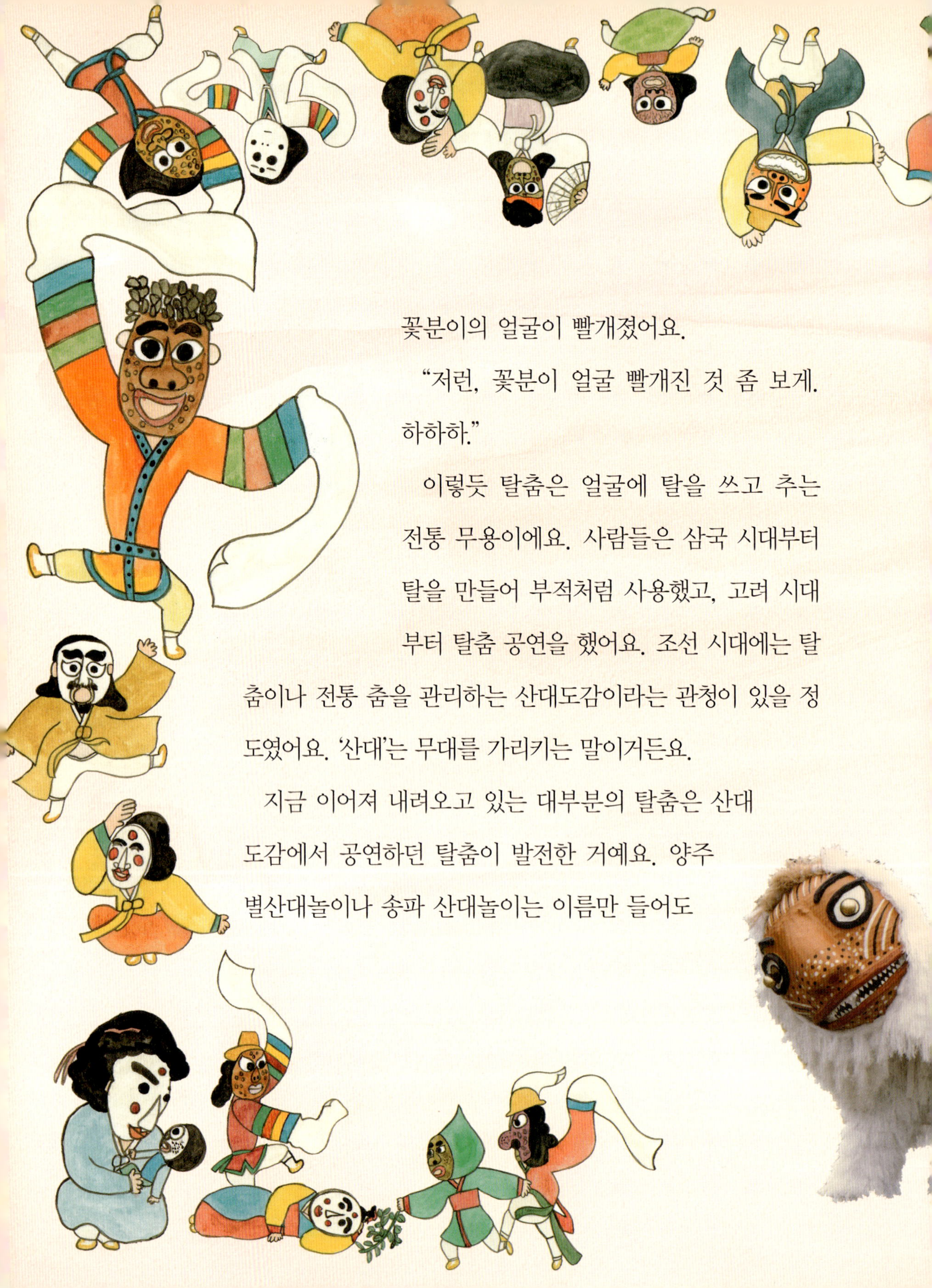

꽃분이의 얼굴이 빨개졌어요.

"저런, 꽃분이 얼굴 빨개진 것 좀 보게.
하하하."

이렇듯 탈춤은 얼굴에 탈을 쓰고 추는
전통 무용이에요. 사람들은 삼국 시대부터
탈을 만들어 부적처럼 사용했고, 고려 시대
부터 탈춤 공연을 했어요. 조선 시대에는 탈
춤이나 전통 춤을 관리하는 산대도감이라는 관청이 있을 정
도였어요. '산대'는 무대를 가리키는 말이거든요.

지금 이어져 내려오고 있는 대부분의 탈춤은 산대
도감에서 공연하던 탈춤이 발전한 거예요. 양주
별산대놀이나 송파 산대놀이는 이름만 들어도

산대극임을 알 수 있지요. 그 밖에 봉산 탈춤과
강령 탈춤, 은율 탈춤 등도 산대극의 영향을 받
았어요.

　그런데 모든 탈춤이 산대극의 영향을 받은 것
은 아니에요. 하회 별신굿놀이는 마을에서 제사를 지낼 때
추던 탈춤에서 북청 사자놀음은 정월 대보름에 사자 탈을
만들어 놀기 시작한 데서 비롯되었답니다.

국보가 된 하회탈

하회 탈춤은 여러 탈춤 중 아주 이름난 탈춤이에요. 역사학자들은 하회탈이 고려 시대 중엽에 만들어졌다고 말해요. 오랜 역사를 자랑하는 하회탈에 얽힌 이야기를 들어 볼까요?

어느 날 탈을 잘 만들기로 소문난 허 도령이 꿈을 꾸었어요. 꿈에서 신령이 나타나 허 도령에게 말했지요.

"매일 목욕을 하여 몸을 깨끗이 하고 탈을 만들어라. 어느 누구에게도 탈 만드는 모습을 보여서는 아니 된다."

허 도령은 꿈에서 깨자마자 신령의 말대로 몸을 깨끗이 하고 방에 틀어박혀 탈을 만들었어요. 그런데 마을에는 허 도령을 사모하는 처녀가 있었어요. 그 처녀는 며칠 동안이나 허 도령이 방에서 나오지 않자 너무 보고 싶었어요.

처녀는 안되는 줄 알면서도 문에 구멍을 뚫고 허 도령이 탈 만드는 모습을 훔쳐 보았어요. 그 순간에 허 도령이 피를 토하면서 죽고 말았어요. 그래서 허 도령은 이매탈의 턱을 완성하지 못했답니다. 이 사실

을 안 마을 사람들은 허 도령을 위로하기 위해 매년 제사를 지냈어요.

우리나라의 탈은 대부분 종이로 만들어 탈놀이 후에 태워버렸어요. 그러나 하회탈은 달라요. 나무로 만들어진데다가 격식과 세련됨이 있기 때문에 국보 제 121호로 지정되었지요. 하회탈의 종류는 양반탈, 선비탈, 백정탈, 할미탈, 이매탈, 초랭이탈, 부네탈, 각시탈, 중탈 등이 있어요. 그 중에서도 양반탈과 백정탈의 입체감이 몹시 뛰어나 하회탈의 백미로 꼽혀요.

나라의 큰 행사 종묘제례와 종묘제례악

“아직도 전갈이 없단 말이냐?”

깊은 밤이었지만 궁궐은 대낮처럼 불이 환하게 밝혀져 있었어요. 임금은 잠도 자지 않고 초조한 표정으로 방 안을 서성이고 있었어요.

“아직 전갈이 없었습니다. 다시 다녀오겠사옵니다.”

임금의 말에 내시는 머리를 조아리며 대답했어요. ‘내시’는 궁궐에서 시중을 드는 사람이에요.

내시는 한달음에 왕비가 사는 중궁전으로 달려갔어요. 중궁전에는 상궁과 궁녀들이 삼삼오오 모여 초조해하고 있었어요.

“여보시오, 김 상궁. 아직 소식이 없소?”

김 상궁은 머리를 저었어요. 그 순간 왕비의 비명 소리가 들리더니 곧이어 우렁찬 아기 울음소리가 들렸어요. 김 상궁은 황급히 안으로 들어갔고, 함박웃음을 지으며 다시 나왔어요.

“어서 상감마마께 전하세요. 중전마마가 왕자님을 낳으셨다고요.”

김 상궁의 말에 내시와 궁녀들의 얼굴

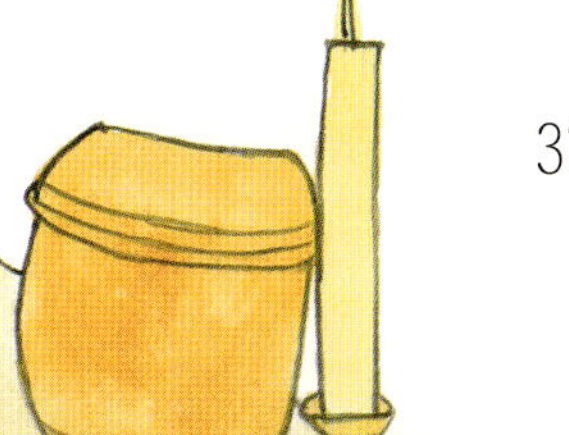

에 웃음꽃이 피었어요.

내시는 임금님에게 이 기쁜 소식을 어서 전해야겠다는 마음으로 한달음에 달려갔어요.

"중전마마께서 왕자님을 낳으셨습니다."

"뭐야? 왕자라고? 허허, 지금 왕자라고 했느냐?"

"그러하옵니다. 왕자님을 낳으셨습니다. 축하드리옵니다."

임금은 기뻐서 어쩔 줄을 몰랐어요. 얼굴에서 미소를 감출 수가 없었지요.

"내가 이제야 시름을 덜게 되었구나!"

그동안 나라에는 걱정이 많았어요. 임금이 혼인한 지 십 년이 지났는데도 아기가 없었기 때문이에요.

다음 날, 왕비가 왕자를 낳았다는 소식을 들은 신하들이 편전에 모두 모였어요. '편전'은 임금과 신하가 나랏일을 의논하는 장소예요.

왕자가 태어났으니
이 나라의 종묘사직은
걱정이 없구나!

“상감마마, 축하드리옵
니다. 중전께서 왕자님을 낳으신
것은 나라의 경사이옵니다.”

임금은 흐뭇한 표정을 지었어요. 신하들의 축
하를 받으니 비로소 실감이 났거든요.

“고맙소. 모두 경들이 진심으로 염려해 준 덕분이오. 이제
이 나라를 이어 갈 왕자가 태어났으니 아무런 걱정이 없소. 어
서 선왕들께 왕자가 태어났음을 알려 드려야겠소. 그러니 경
들은 고유제를 준비하도록 하시오.”

‘선왕’은 돌아가신 임금을 말하고, ‘고유제’는 나라나 집안
에 큰일이 생겼을 때, 조상들에게 알리는 제사를 가리켜요.

임금의 말이 끝나자 영의정이 말했어요.

“상감마마, 마침 다음 달에 종묘제례가 있습니다. 그때
왕자님의 탄생을 고하는 고유제를 함께 지내는 것이 어
떻겠습니까?”

임금이 고개를 끄덕였어요.

"그거 참 좋은 생각이오. 이번 제례는 더욱 정성들여 준비하도록 하시오. 그리고 백성들에게도 왕자의 탄생을 널리 알리도록 하시오."

'종묘'는 죽은 왕과 왕비의 신주를 모셔 둔 사당이에요. 그러니까 '종묘제례'란 임금의 조상들에게 제사 지내는 것을 말하는 거예요.

신하들은 나라의 큰 행사인 종묘제례를 준비하느라 정신 없이 바빠졌어요.

"예조판서는 특히 종묘제례악을 정성스럽게 준비하도록 하시오."
영의정은 특별히 예조판서에게 말했어요.
"알겠습니다. 장악원에 분부하여 음악 연주와 무용에 실수가 없도록 충분히 연습을 시키겠습니다."
'장악원'은 음악과 무용을 맡아 보는 관청을 말한답니다.
드디어 종묘제례를 지내는 날이 왔어요. 임금은 가마를 타고 종묘로 갔어요. 종묘에 도착하자 두 갈래 길이 나타났어요.
"오른쪽 길로 가야 하느니라."
내시가 가마를 멘 사람들에게 말했어요. 두 갈래 길 중 오른쪽 길은 임금과 신하들이 다니는 길이고, 왼쪽 길은 신주를 모시고

가는 길이거든요. 그러니까 산 사람이 다니는 길과 죽은 사람이 다니는 길이 달랐던 거예요.

임금은 재궁으로 들어갔어요. 종묘의 '재궁'은 임금이 제사 준비를 하는 집을 말해요. 사람들은 제사에 쓰이는 그릇이나 예물 등을 보관하는 창고인 향대청을 드나들며 제례 준비를 하느라 정신이 없었어요.

"상감마마, 정전으로 가시지요. 제사 준비가 다 되었습니다."

'정전'은 역대 왕과 왕비의 신주를 모셔 둔 사당이에요. 태조 이성계부터 태종, 세종 등 19명의 왕과 30명의 왕비가 모셔져 있었지요. 정전에 미처 모시지 못한 왕과 왕비는 영녕전이라는 별채에 따로 모셨답니다.

드디어 제례가 시작되었어요. 임금은 신주에 잔을 올리면서 마음 속으로 말했어요.

'선왕들께서 염려해 주신 덕으로 왕자가 태어났습니다. 부디 왕자가 건강하게 자라 이 나라의 종묘사직을 대대손손 받들 수 있도록 축복하여 주십시오.'

곧이어 웅장하고 엄숙한 음악이 연주되기 시작했어요. 음악에 맞추어 많은 무용수가 춤을 추기 시작했어요. 조용하면서 경건한 노래도 불렀지요. 이것을 '종묘제례악'이라고 해요. 종묘제례를 지낼 때는 반드시 종묘제례악이 연주되었어요.

종묘제례악은 무형 문화재 제1호로 지정된 귀중한 문화유산이랍니다. 종묘제례악에서 연주되는 음악은 세종대왕 때 만들어진 '보태평'과 '정대업' 두 가지가 있어요. 이전에는 중국에서 들여온 음악을 많이 연주했는데 세종대왕이 우리 음악으로 곡을 만들도록 한 거예요.

‘보태평’은 백성들을 잘 보살핀 어진 왕들을 기리는 음악인 ‘보태평지악’과 여러 줄로 서서 추는 무용인 ‘보태평지무’로 이루어졌어요. ‘정대업’은 나라를 외적으로부터 지킨 용감한 왕을 기리는 음악인 ‘정대업지악’과 ‘정대업지무’로 이루어졌고요. 보태평에 맞추어 추는 춤은 간단하게 ‘문무’라고 부르고 정대업에 맞춰 추는 춤은 ‘무무’라고 불러요.

종묘제례는 제사와 음악 그리고 춤이 어우러진 나라의 큰 행사랍니다. 정기적인 제례는 일 년에 다섯 번인데 1월, 4월, 7월, 10월과

12월에 지냈어요. 그 밖에도 나라에 큰일이 생겼을 때 수시로 고유제를 지냈지요.

종묘제례는 광복 이후 한동안 중단되었다가 1969년 이후부터 전주 이씨 종약원에서 일 년에 한 번씩 지내고 있어요. 종묘제례는 종묘제례악과 함께 2001년 유네스코 '세계 무형 유산'에 지정되었답니다.

종묘제례악에 쓰인 악기들

죽은 왕들의 신주를 모시는 종묘 제도에서 종묘제례악은 몹시 중요해요. 이렇게 중요한 종묘제례악에 쓰이는 악기들에 대해 자세히 알아볼까요?

대금

종묘제례악에서 유일하게 사용하는 우리나라 악기는 대금이에요. '대금'은 '젓대'라고도 부르는데 대나무로 만든 큰 피리라고 생각하면 돼요. 삼국 시대에는 중금, 소금과 함께 '삼죽'이라고 불렀어요.

아쟁은 현악기인 가야금과 비슷하게 생겼어요. 하지만 활을 사용해 연주한다는 점이 달라요. 아쟁에 쓰는 활은 개나리 나무 껍질을 벗긴 다음 송진을 묻혀서 만들어요. 고려 시대 말에 당나라에서 전해졌답니다.

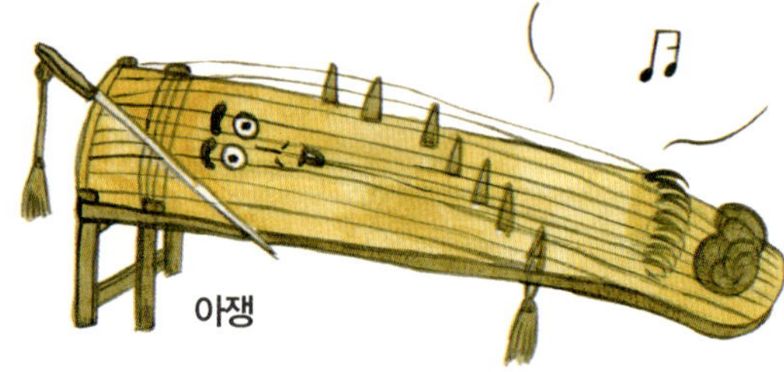

아쟁

태평소

'태평소'는 '호적'이나 '쇄납'이라고 불러요. 일반 백성들은 태평소의 소리를 빗대어 '날라리'라고 불렀고요. 태평소는 전쟁터에서 병사들의 사기를 북돋우기

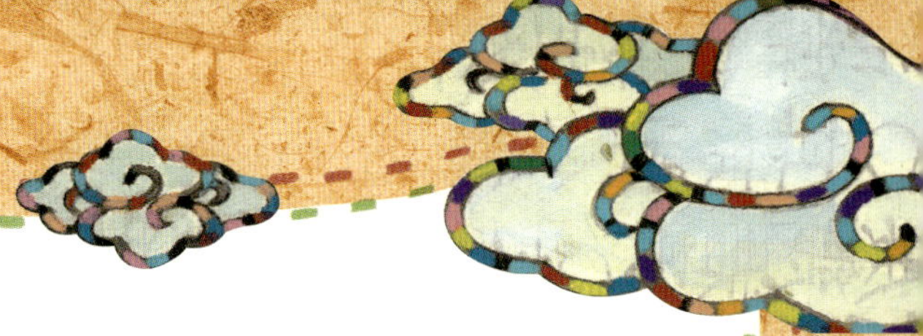

위하여 많이 사용했어요. 종묘제례악에서도 외적으로부터 나라를 지킨 용감한 왕들을 기리는 정대업을 연주할 때 주로 쓰이지요.

'편경'은 고대 중국의 은나라에서 만들어진 악기로 맑은 소리를 내는 옥돌의 하나인 경석을 사용하는 타악기예요. 'ㄱ'자 모양으로 된 경석을 여덟 개씩 위아래로 열여섯 개를 달아 놓고, 뿔로 만든 망치인 각퇴로 쳐서 소리를 낸답니다.

편경

종묘제례악은 조선 시대의 기악 연주와 노래, 춤이 어우러진 궁중 음악으로 무형 문화재 제1호로 지정되었어요. 외국에서 볼 수 없는 우리만의 독특한 멋과 아름다움이 있는 자랑스런 문화유산이에요.

삶과 죽음의 가운데 세계 굿

“연화야, 놀자!”

귀동이는 아침을 먹자마자 연화네 집으로 달려가 연화를 불렀
어요.

‘멍멍.’

연화보다 똘이가 먼저 달려나와 꼬리를 치며 귀동이를 반겨 주
었어요.

“귀동아, 이거 먹어.”

연화는 나오자마자 귀동이에게 떡을 주었어요. 연화네 집에는
언제나 먹을 것이 많았거든요.

마을 사람들은 연화네 신당에 찾아와서 복을 빌기 때문이에요. 사람들은 복을 빌러 올 때 떡이나 과일, 사탕 같은 것들을 신당에 가져왔어요. 연화의 엄마 당골네는 무당이었는데 마을에서는 당골네 말이라면 팥으로 메주를 쑨다고 해도 무조건 믿었지요.

귀동이가 같이 먹자고 말했지만 연화는 고개를 살래살래 저었어요. 집이 가난해서 점심을 거르기 일쑤인 귀동이를 위해 연화는 언제나 먹을 것을 챙겨주는 착한 아이였어요.

"난 많이 먹었어. 너나 먹어."

귀동이와 연화는 마당에서 재미있게 놀았어요. 똘이도 귀동이와 연화 사이를 팔짝팔짝 뛰어다녔지요.

"연화야, 밥 먹어라."

어느덧 점심때가 되자 어린년이가 연화를 불렀어요. 어린년이는 아가씨인데 무당이 되려고 연화네 집에 와서 살고 있었어요. 당골네는 무당이 되려고 공부를 하고 있는 어린년이를 신딸이라고 불렀지요.

"언니, 귀동이는?"

연화의 말에 어린년이가 귀동이를 바라보았어요. 귀동이는 시무룩한 표정으로 자기 집으

로 발걸음을 옮기고 있었어요.

"귀동아, 이리 와. 같이 밥 먹자."

어린년이가 귀동이를 불렀어요. 하지만 귀동이는 웬일인지 고개를 저으며 터벅터벅 걸음을 옮겼어요. 연화가 귀동이에게 쏜살같이 달려왔어요.

"왜 그래, 귀동아? 같이 밥 먹고 또 놀자."

"남의 집에서 밥 먹으면 우리 아버지한테 혼나."

그때 저만치서 당골네가 왔어요. 연화는 당골네에게 쪼르르 달려 갔어요. 연화가 무어라고 쫑알거리자 당골네가 귀동이를 불렀어요.

"귀동아, 괜찮아. 가서 연화와 함께 밥 먹어라. 아버지께는 내가 잘 말씀드리마."

그제야 귀동이는 얼굴을 펴고 연화를 따라 집으로 들어갔어요. 어린년이는 어른 밥그릇에다 귀동이 밥을 가득 담았어요.

"너 그거 다 먹을 수 있니?"

연화가 놀란 표정으로 물었어요. 그러자 귀동이는 씩 웃고는 허 겁지겁 밥을 먹기 시작했어요. 귀동이의 밥그릇은 금세 깨끗하게 비워졌어요.

"와아! 우리 엄마보다 더 많이 먹네."

연화의 말에 귀동이는 멋쩍은 듯 머리를 긁적였어요. 귀동이는

해가 저물 때까지 연화와 놀다가 집으로 돌아갔어요.

그런데 그날 밤, 귀동이 몸에서 갑자기 열이 펄펄 났어요. 엄마가 밤새 간호를 했지만 귀동이의 몸은 불덩이였지요.

"아무래도 푸닥거리를 해야겠어요."

엄마의 말에 아빠가 소리를 꽥 질렀어요.

"이만한 일로 굿은 무슨 굿이야!"

"그러면 당신이 아프지 않게 좀 해 보세요."

엄마의 말에 아빠는 아무 말 없이 눈만 껌벅거렸어요. 엄마는 눈물을 흘리면서 귀동이 이마에 찬 수건을 올려놓았어요.

한숨만 푹푹 쉬던 아빠가 힘없이 말했어요.

"굿을 하려고 해도 돈이 없잖아."

아침이 되어도 엄마와 아빠는 일하러 가지 못하고 귀동이를 계속 간호했어요.

"귀동아, 놀자."

늦게까지 귀동이가 오지 않자 연화가 귀동이네 집으로 왔어요. 귀동이가 아픈 것을 보고 연화는 '으앙' 울음을 터뜨리더니 집으로 달려갔어요.

잠시 뒤 당골네가 어린년이와 연화를 데리고 귀동이네 집으로 뛰어왔어요.

"귀동이가 아프다면서?"

당골네는 방으로 들어와 귀동이 몸을 만져 보더니 혀를 끌끌 찼어요. 그동안 어린년이는 가져온 음식과 과일로 푸닥거리를 준비했어요. 귀동이네가 가난하기 때문에 푸닥거리 준비가 쉽지 않을 것 같아 당골네가 미리 챙겨왔던 거예요. 예전부터 무당은 마을 사람뿐만 아니라 마을의 모든 일을 알고 가깝게 지냈답니다.

무당이 하는 굿은 크게 마을굿과 개인굿 그리고 무굿으로 나눌 수 있어요.

'마을굿'은 마을이 잘 되기를 비는 굿이기 때문에 마을굿을 할 때는 마을 잔치가 벌어졌지요. '개인굿'에는 재수가 좋기를 기원하는 재수굿, 죽은 사람의 혼을 위로하는 넋굿, 아픈 사람을 낫게 해 달라고 비는 병굿 등이 있어요.

'무굿'은 무당들끼리 하는 굿인데, 무당이 되기 위해 하는 내림굿이 대표적이에요.

굿은 삼국 시대부터 있었어요. 고려 시대에는 팔관회라는 나라 굿이 있을 정도였어요. 하지만 조선 시대에는 유교 때문에 무당과 굿을 멀리하기 시작했지요. 양반들은 굿을 하지 않았지만 여자들은 여전히 숨어서 굿을 하곤 했어요. 일제 강점기에는 굿을 미신이라고 여기며 못하게 했어요. 그러고는 일본 사람들이 믿는 신사에 억지로 다니게 했지요. 그때부터 굿은 미신 취급을 당했어요. 미신은 무엇을 믿든지 그것을 잘못 믿을 때 생기는 거예요. 무속 신앙만 미신이라며 몰아붙일 수는 없는 것이랍니다.

'선무당이 사람 잡는다'라는 말이 있어요. '선무당'은 엉터리 무당을 가리키는 말인데, 의사로 치면 돌팔이 의사나 마찬가지인 셈이에요. 요즘은 제대로 된 무당이 많지 않고 돈을 벌기 위해 엉터리로 굿을 하는 무당이 많아요. 이렇게 엉터리 무당이 판을 치는 바람에 무속을 얕잡아 보는 일이 생겼답니다.

우리 선조들의 민간 신앙이었던 무속을 잘 알고 나면 굿이나 무당에 대해 함부로 생각하지 않게 될 거예요.

굿 이야기

예전에 마을굿은 모든 사람이 함께 참여해 화목과 협동을 다지는 축제였어요. 굿을 이끌어가는 무당의 역할이 매우 중요해요. 굿에 대해 알아볼까요?

굿을 할 때 무당이 입는 옷을 '무복'이라고 하는데 여기에는 스님이 입는 옷인 장삼도 포함돼요. 스님은 회색 장삼을 입지만 무당은 흰색 장삼을 입지요. 조금씩 다르기는 하지만 대부분 그 위에 두루마기처럼 생긴 노란색 옷과 초록색 옷을 겹쳐 입어요.

상에 올리는 떡은 팥고물을 켜켜이 안친 시루떡을 많이 쓰는데, 이 떡은 노인이 안쳐야 좋다고 해요.

굿상에 돈을 놓아 신에게 바치기도 하는데 돈을 좋아하는 신에게는 돈을 많이 바쳐야 해요. 혹은 무당에게 굿을 잘해달라는 뜻으로 상 위에 돈을 놓기도 하고요.

신을 부를 때면 술을 사용하는데 하늘에 있는 신을 부를 때는 술을 입에 머금었다가 하늘을 향해 뿜고, 땅에 있는 신을 부를 때는 땅에 뿌려요. 잡귀를 쫓기 위해서 술을 뿌리기도 하지요. 굿을 할 때 쓴 술을 마시면 전염병에 걸리지 않는다는 말도 있어요.

무당은 굿을 할 때 엄숙해 보이기 위해 삼지창이나 청룡도를 들기도 해요.

또 굿을 하기 전에 미리 소나무 가지에 흰 종이를 묶어 준비해 두지요. 이것을 성줏대라고 하는데, 무당이 신과 통하게 되면 성줏대가 굿을 부탁한 사람에게로 휘어요. 그러고 나면 무당은 성줏대가 움직이는 대로 따라 움직이며 굿을 해요.

작두타기를 하는 무당도 있어요. '작두타기'는 날카로운 작두날 위에 무당이 맨발로 올라서는 것을 말해요. 무당은 신을 대신한 사람이기 때문에 사람들에게 특별한 능력을 보이기 위해 작두를 탄답니다.

풍년을 부르는 음악
농악

“할아버지, 소리가 들려요.”

멀리서 농악패의 풍물 소리가 들려 왔어요. 철수는 금방이라도
밖으로 뛰어나갈 기세였어요.

“곧 우리 집에도 올 테니 기다리자. 할아버지 얘기나 마저 듣거라.”

할아버지는 철수에게 농악에 대해 말하던 중이었어요.

“농악은 농부들이 두레를 짜서 일할 때나 마을에 행사가 있을
때 풍물을 치면서 신 나게 노는 놀이란다.”

“두레가 뭐예요?”

“두레는 마을 사람들이 농사로 바쁠 때 함께 모여 일하기 위해

만든 모임이지. 사람들은 일하러 갈 때나 일을 끝마치고 돌아올 때 풍물을 치며 놀았지. 일을 하던 중간에도 피곤함을 잊기 위해 놀기도 했고.”

그때, 밖에서 풍물 소리와 사람들 소리가 왁자지껄하게 들렸어요. 할아버지는 그제야 방문을 열고 밖으로 나갔지요.

“어르신, 복을 빌러 왔습니다.”

색동저고리 위에 남색 조끼를 받쳐 입은 상쇠가 꽹과리를 치면서 큰 소리로 말했어요. 그러자 할아버지가 고개를 끄덕이며 손짓을 했어요.

“어서들 노시게.”

‘상쇠’는 꽹과리를 치는 사람 중 농악패의 우두머리를 가리키는 말이에요. 상쇠 뒤에는 흰 저고리에 남색 조끼를 입은 사람들 여럿이

있었어요. 징을 든 사람, 장구를 든 사람, 소고를 든 사람이었지요.
주변에는 농악패를 따라다니며 구경하는 사람들도 굉장히 많았
고요.

  "수문 대장, 문 열어라. 만복이 들어간다."

  상쇠가 말을 하며 대문에서 한바탕 꽹과리를 치자, 농악패들은
각자 맡은 악기를 치면서 덩실덩실 흥겹게 춤을 추었어요. 철수는
눈을 굴리며 농악패를 신기하게 쳐다봤지요.

  "문가에서 노는 것을 문굿이라고 한단다. 문굿은 집 안으로 복
이 많이 들어오라고 하는 거야."

  할아버지가 신기해하는 철수에게 설명해 주었어요.

대문에서 한참을 논 농악패들은 우르르 안
마당의 우물가로 몰려갔어요.

"문굿 다음에는 우물굿을 하지."

"순서가 정해져 있어요?"

우물가에서는 이미 우물굿이 시작됐어요.

"새해에는 좋은 물을 많이 주십시오. 비나
이다."

상쇠가 주문을 외며 꽹과리를 치자 다른 농
악패들도 우물을 에워싸고 신 나게 풍물을 쳤
어요. 그때 할머니가 부엌으
로 갔어요. 할머니는 솥뚜껑
을 뒤집어 놓더니 촛불을 켜

고 물과 쌀을 담은 그릇을 두었지요. 조왕굿 준비를 하는 건데 '조왕'은 부엌을 말한답니다. 부엌으로 온 농악패가 또다시 주문을 외웠어요.

"자, 조왕신께서는 많이 잡수시고 만복을 주사이다."

그 다음에는 장독대굿이 계속되었어요. 농악패는 장독대에 세 번 절하고 안방 문 앞으로 왔어요. 성주굿을 하기 위해서였지요. 문 앞에는 어느새 할머니가 실, 냉수, 돈과 시루떡, 촛불을 준비했지요.

상쇠가 주문을 외우며 고사를 지내고 쌀을 사방으로 뿌리며 액막이를 했어요.

‘액’이란 나쁜 일을 말하는 것인데, ‘액막이’는 나쁜 일이 생기지 않도록 미리 예방을 하는 거예요. 성주굿이 끝나자 농악패와 구경꾼들은 안마당에서 덩실덩실 춤을 추며 놀았어요.

농악패들이 안마당에서 노는 동안 상쇠는 집안 구석구석 다니며 지신밟기를 했어요. ‘지신’은 땅을 지켜 주는 신인데, 집 주위를 골고루 밟아야 땅의 신이 좋아하고 잡귀들을 쫓아낼 수 있거든요.

할머니와 어머니는 안마당에 술과 음식을 차려 냈어요.

“자, 이제 모두 이리 오시게. 고생들 많았네.”

　할아버지가 부르자 농악패들이 우르르 음식상으로 달려들었어요. 농악패뿐만 아니라 구경꾼들도 왁자하게 모여 들었지요.
　"어서 들게나. 많이 들어."
　할아버지는 기분이 좋아 보였어요. 안마당은 금세 잔칫집 분위기가 되었어요. 사람들은 할머니와 어머니가 정성스레 준비한 술과 음식을 맛있게 먹고는 다음 집으로 향했어요. 농악패는 갔지만 철수의 귀에는 아직도 풍물 소리가 들리는 것 같았어요.

농악은 언제 처음 생겼는지 알 수 없을 정도로 오래된 민속놀이예요. 새해가 되면 일 년 농사가 잘되게 비는 뜻에서 농악을 하면서 나쁜 일이 생기지 않기를 기원하곤 했어요. 일이 바쁜 농번기에는 힘든 것을 잊기 위해 농악을 하며 흥겹게 일을 했지요. 또 백중 때는 백중놀이로 농악을 하고, 추석 때는 풍년을 축하하는 농악을 했어요. 집을 지을 때나 처음 이사 올 때도 마을 사람들을 초대해 농악을 하며 음식을 대접했어요. 마을에서 우물을 파거나 다리를 놓아야 해서 돈을 걷을 때도 농악을 했지요.

'걸립패'는 농악을 전문적으로 하는 사람들을 가리켜요. 마을마다 찾아다니며 농악을 해 주고 돈이나 곡식을 받아 살아가는 사

람들이에요. 하지만 대개의 마을에는 농악패들이 있었답니다.

　일제 강점기에는 일본 사람들이 농악 같은 전통 민속놀이를 못
하게 방해했어요. 우리 민족의 정신을 없애려고 그런 것이지요. 하
지만 조상들은 우리의 전통을 보전하기 위해 부단히 노력했어요.
그래서 지금까지도 농악이 잘 보전되어 계승되고 있는 거예요.

여러 가지 농악

조상들은 마을이 잘되기를 기원하거나 힘든 농사일을 할 때 농악을 했어요. 그럼 농악의 종류에 대해 알아볼까요?

새해가 되면 마을마다 당산굿을 했어요. 당산굿을 할 때는 무당과 함께 하거나 마을의 어른이 마을을 지켜 주는 수호신한테 제사를 지내요. 마을을 지켜 주는 수호신은 마을 외곽의 당집이나 서낭당에 모셔 두지요. 농악패들은 당집이나 서낭당에서 한바탕 풍물을 치며 놀고 나서 사람들과 함께 마을로 내려와요. 그리고 집집마다 돌아다니며 복을 기원해 줘요. 마을의 공동 우물에서 기원을 하기도 해요. 당산굿이 끝나면 마을 사람들은 줄다리기처럼 협동심이 필요한 놀이를 하며 마을 잔치를 벌이기도 해요.

당집

'두레굿'은 농부들이 두레를 짜서 김매러 갈 때나 김맬 때 그리고 일을 마치고 집으로 돌아올 때 하는 농악이에요. 두레굿에는 농사가 잘 되기를 기원하거나 힘든 것을 잊기 위한 뜻이 있어요. 흥겨운 농악을 곁들여 일을 하면 힘든 줄 모르고 재미있게 일을 할 수 있으니까요.

그 밖에 '걸립굿'은 걸립패들이 마을마다 돌아다니며 농악을 하는 거예요. 걸립패는 고사를 지내 주기도 하고 구경꾼들에게 재주를 팔기도 했어요. '판굿'은 걸립패나 마을 농악패가 구경꾼들을 모아 놓고 재주를 보여 주기 위해 벌이는 농악을 가리켜요.

걸립패의 판굿

사물놀이

꽹과리 소리가 점점 흥을 돋우웠어요. 고개를 까딱까딱 흔드는 꽹과리재비의 손놀림이 점점 빨라졌어요. 장구재비도 이에 뒤질세라 오른손과 왼손을 바꾸어 가면서 신 나게 연주했지요.

‘둥둥둥’ 하는 북소리와 깊은 울림이 있는 징 소리를 함께 듣고 있자니 어깨춤이 절로 났어요.

사물놀이 공연을 보던 아이들의 눈이 반짝거렸어요. 한참만에 연주가 끝나고 연주자들이 일어나 인사를 했어요.

‘짝짝짝!’

아이들이 열렬한 박수를 연주자에게 보냈어요. 박수가 멈추자 장구재비 아저씨가 아이들 앞으로 다가왔어요.

“우리 민속 음악인 사물놀이를 공부하러 왔다니 기특하구나. 사물놀이는 네 가지 타악기를 가지고 연주하는 것을 말하지. 네 가지 악기는 꽹과리, 징, 북, 장구를 말한단다.”

한 아이가 물었어요.

"사물놀이는 언제 생겼어요?"

장구재비 아저씨가 아이들에게 되물었어요.

"너희들은 사물놀이가 언제 생겼을 것 같니?"

그러자 모두들 고개를 갸웃거렸지요. 함께 온 선생님을 쳐다보는 아이도 있었어요. 선생님은 그저 조용히 미소만 지었어요. 아이들을 살펴보던 장구재비 아저씨가 미소를 띠며 말했어요.

"사물놀이를 고려 시대나 조선 시대처럼 오랜 옛날부터 했을 거라 생각했지? 사물놀이는 1978년에 처음 생겼단다. 원래 '사물'이란 불교에서 사용하던 법고(북), 운판(구리나 철로 만든 구름 무늬 모양의 판), 목어(물고기 모양의 목탁), 대종(큰 종) 등 네 가지 악기를 뜻하는 말이었지. 그

것이 차츰 바뀌어 꽹과리, 장구, 북, 징이 된 것이야."

"그럼 옛날에는 사물놀이라는 말이 없었나요?"

"없었지. 악기 네 개를 가리켜 '사물'이라고만 했지. '사물놀이'란 말은 김용배, 김덕수, 이광수, 최종실 이렇게 네 사람이 연주하면서 생겨난 말이란다. 민속학자인 심우성 할아버지가 네 사람의 연주를 보고, 사물놀이라는 말을 붙였어. 그때가 1978년이었단다."

"그럼 옛날에는 사물로 연주를 하지 않았나요?"

"연주는 많이 했는데 옛날에는 사물놀이라고 하지 않고 '풍물굿'이나 '풍물놀이'라고 불렀지."

아이들은 그제야 알겠다는 듯 머리를 끄덕였어요.

"사물놀이는 생긴지 얼마 되지 않았는데, 민속 음악이라고 할 수 있나요?"

이번에는 선생님이 대답했어요.

"좋은 질문이야. 1978년에 사물놀이라는 말이 생겼지만 사물놀이에 쓰이는 네 개의 악기를 가지고 연주한 것은 매우 오래 전부터란다. 사당패나 남사당패가 사물을 이용해 연주를 했었거든. 그리고 옛날 우리 조상들이 물려준 풍물굿의 전통을 사물놀이가 이어받고 있기 때문에 민속 음악이라고 할 수 있지."

장구재비 아저씨가 이어 말했어요.

"사물놀이는 세계 여러 나라에서도 인정받고 있
단다. 우리나라에서만 즐기던 것을 세계 무대에서
도 즐기기 시작했거든."

장구재비 아저씨는 자랑스러운 표정을 지으며 계속
말했어요.

"사물놀이는 민속 음악이지만 요즘 우리가 듣는 음악은 대부분
서양 음악이지. 그래서 사물을 피아노나 드럼같은 서양 악기와 함
께 연주하기도 해. 대중가요의 반주를 사물로 사용하기도 하고.
이런 노력은 우리 민속 음악을 많은 사람에게 알리기 위한 것이란
다."

그때 꽹과리재비가 '깨개갱' 하고 꽹과리 소리를 들려 주었어요.
그러자 장구재비도 '덩더덕 쿵덕' 하고 장단을 맞췄지요.

"사물에서 꽹과리와 장구는 소리나 가락을 만드는 역할을 해.
두 악기로 가락을 느리게도 하고 빠르게도 하거든."

76

사물놀이는 민속 음악
이지만 서양 악기와도
함께 연주하지.

이번에는 징재비가 '칭칭' 하고 징 소리를 냈어요.

"징은 사물의 소리가 흩어지지 않도록 중심 잡는 역할을 한단다. 집으로 말하면 기둥인 셈이지."

북재비도 '둥둥둥' 하고 북을 쳤어요.

"북은 장구가 낼 수 없는 큰 소리를 내주는 거란다. 그래서 힘 있는 연주가 되도록 하는 거야."

그때 꽹과리재비가 꽹과리를 높이 들어 '깽' 하고 소리를 내자, 장구재비와 징재비, 북재비가 모두 연주를 하기 시작했어요. 아마도 꽹과리 소리가 시작을 알리는 신호였던 모양이에요.

사물놀이에 대해 어느 정도 알고 나서 듣는 연주는 훨씬 흥겨웠

어요. 어깨를 들썩이는 아이도 있고, 고개를 끄덕이는 아이도 있었어요. 자기 무릎을 치며 장단을 맞추는 아이도 있었고요. 연주는 10분 정도 계속되었어요. 가락이 변화무상하여 신이 났어요.

"사물놀이는 길지 않은 것이 특색이야. 지금 연주한 것은 '우도굿'인데 여러 가지 장단이 합쳐진 연주란다. 처음에는 느린 장단을 쓰는 '오채질굿'이고 그 다음에는 빠른 장단인 '좌질굿', 삼박자가 반복되는 '굿거리' 그리고 '삼채'나 '영산', '세산조시' 등의 장단으로 연주하는 거야. 이 장단들이 서로 합쳐진 연주가 바로 우도굿이란다. 한 가지씩 장단을 들려줄 테니 잘 들어 보거라."

"저희들도 사물놀이를 배울 수 있을까요?"

"물론 배울 수 있지. 네 사람만 이리 나와 볼래?"

　그러자 아이들이 저마다 손을 들었어요. 장구재비는 가위바위보를 해서 네 사람을 무대로 올라오게 했어요.

　무대에 올라온 아이들이 각자 악기를 치자 시끄러운 소리가 어지럽게 났어요. 밑에 있던 아이들은 얼굴을 찡그리며 귀를 막았고요.

　"어떤 악기든 열심히 배우지 않으면 연주할 수가 없지. 우리도 처음에는 너희들처럼 시끄러운 소리만 냈어. 열심히 노력하면 훌륭한 연주가가 될 수 있으니 걱정하지 말아라. 피아노나 바이올린도 좋지만, 우리 민속 악기인 사물을 배우면 조상들의 정신을 함께 배울 수 있어서 좋을 거야."

　아저씨들은 일주일에 한 번씩 학교에 와서 아이들에게 사물을 가르쳐 주기로 약속했어요.

　"나는 꽹과리를 배울 테야."

　"나는 장구재비가 될 테야."

　아이들은 저마다 배우고 싶은 악기를 말하고, 배우는 장면을 상상하며 즐거워했답니다.

남사당패 이야기

남사당패는 떠돌이 풍물패를 가리키는 말이에요. 전국을 떠돌며 재주를 파는 사람들이지요. 지금부터 남사당패에 대해 알아보도록 해요.

남사당패는 조선 시대 후기에 남자들로 이루어져 공연을 하던 사람들이에요. 남사당패의 우두머리는 '꼭두쇠'라고 불렀어요. 꼭두쇠 밑에서 총무 역할을 하는 사람은 '곰뱅이쇠'라고 하고 재주를 잘 부리는 사람 중에 우두머리는 '뜬쇠'라고 불렀지요. 뜬쇠 밑에는 재주꾼들이 여러 명 있는데, 모두 뜬쇠한테 재주를 배운 사람들이랍니다.

남사당패의 놀이 중 으뜸은 '풍물놀이'인데 각종 악기를 연주하면서 노는 것이지요. 풍물놀이는 농악과 비슷한데 여러 놀이로 이루어져 있어요.

지금의 접시 돌리기 같은 '버나놀이'가 있어요. '살판'은 땅재주를 넘는 것이고, '어름'은 줄타기지요.

그 밖에도 탈놀이인 '덧뵈기'와 인형극 '덜미'가 있고요. '덜미'는 유일하게 전해 내려오는 전통 인형극이랍니다.

남사당패는 자기들의 재주를 보여 주고 곡식이나 돈을 받았어요. 그래서 인심이 후한 마을에 가면 배불리 먹을 수 있지만, 가난한 동네에서는 돈을 벌기가 어려웠지요. 추운 겨울이나 장마철에는 놀이판을 벌일 수가 없어서 굶기도 했어요. 남사당패 덕분에 우리의 전통 놀이나 풍물이 지금까지 잘 보존될 수 있었답니다.

남사당패의 여러 공연은 당시 사회에서 인정받지 못하던 서민들을 위한 유일한 구경거리였어요. 또한 조선 후기에 지배 계층에 억눌리던 백성들의 불만을 해학과 풍자로 풀어낸 공연이라는데 의미가 있답니다.

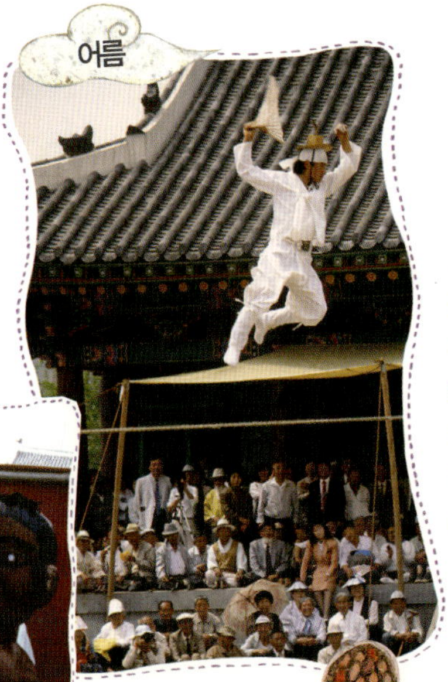

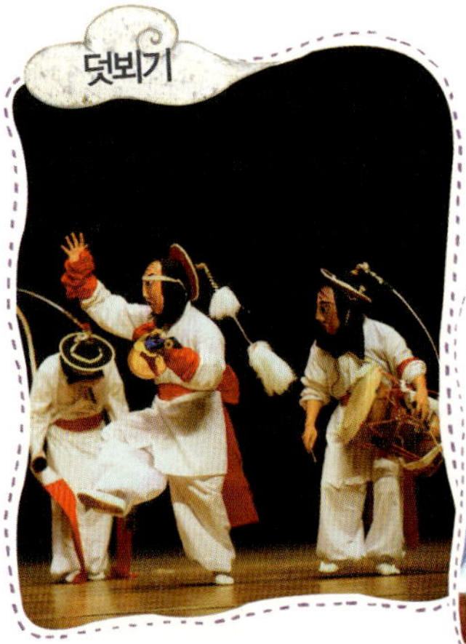

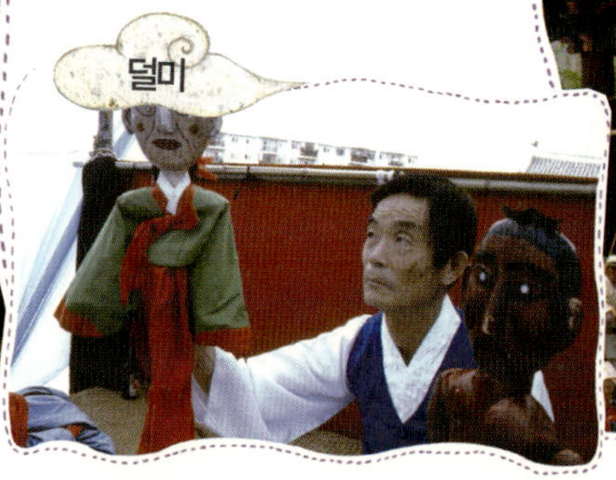

신라 시대부터 전해 온 궁중 무용 처용무 와 검무

처용무는 궁중 무용이에요.

'궁중 무용'은 임금 앞에서 추던 춤을 말하는데 '오방 처용무'라고도 불렸지요. 다섯 사람이 함께 춤을 추기 때문에 그런 이름이 붙었어요.

'오방'은 동서남북과 중앙을 가리켜요. 동쪽에는 청색 옷을 입은 사람, 남쪽에는 홍색 옷을 입은 사람이 서고 중앙에는 황색 옷을 입은 사람, 서쪽에는 백색 옷을 입은 사람이 서서 춤을 추지요. 청·홍·황·백·흑의 순서로 들어와서 왼쪽으로 한 바퀴 돈 다음, 북쪽을 향해 서서 처용가를 부르면서 본격적인 춤을 시작해요.

그럼 처용무가 어떻게 시작되었는지 알아 볼까요?

신라 제49대 왕인 헌강왕 때의 일이에요. 어느 날, 헌강왕은 신하들과 함께 개운포에 놀러 갔어요.

"갑자기 웬 안개란 말이냐?"

왕과 신하들이 개운포에서 궁궐로 돌아오려는데 갑자기 짙은 안개가 끼었어요. 안개는 점점 짙어져 궁궐로 돌아가는 길은커녕 눈앞을 분간하기도 어려웠어요.

헌강왕은 깜짝 놀라 일관을 급히 찾았어요. '일관'은 왕의 곁에서 점을 봐 주는 벼슬아치인데 그가 점을 보더니 걱정스럽게 말했어요.

"임금님, 지금 동해의 용왕이 화가 났습니다. 그러니 용왕을 위해 절을 세워 달래줘야 합니다."

그 말을 들은 헌강왕은 즉시 신하들에게 명령했어요.

"이곳에 동해의 용왕을 위해 절을 짓도록 하라."

헌강왕의 말이 떨어지자마자 안개가 걷히기 시작했어요. 그리고 바다에서 용왕이 일곱 명의 아들을 데리고 헌강왕 앞에 나타났어요.

"그대는 나를 기쁘게 해 주었다. 앞으로 훌륭한 왕이 되도록 내가 도와주겠다."

헌강왕은 용왕에게 절을 꼭 짓겠다고 약속했어요.

그때 용왕의 아들인 처용이 헌강왕에게 절을 하며 말했어요.

"임금님, 저를 사람들이 사는 곳으로 데려가 주세요."

헌강왕은 처용을 데리고 돌아와 신라에서 가장 빼어난 미모를 지닌 여자와 혼례를 치뤄줬어요.

하루는 처용이 늦게까지 달구경을 하며 놀다가 집에 돌아왔어요. 처용은 부인이 잠에서 깰까 봐 조심조심 방으로 들어갔어요. 그런데 이불 아래 발이 두 개가 아닌 네 개가 있었어요. 전염병을

이렇게 훌륭한 왕이 있다니…….
나 용왕
절을 지어 바치겠습니다.
따라갈래요!
나 헌강왕

옮기는 귀신이 처용이 외출한 사이 그의 아내를 범했던 거예요.
하지만 처용은 너그럽게 그 귀신을 용서하고 밖으로 나와 노래를
지어 불렀어요. 그 노래가 바로 처용가예요. 귀신은 처용의 너그러
운 마음씨에 감동하여 무릎을 꿇고 잘못을 빌었어요.

"제가 잘못했습니다. 앞으로는 처용님의 얼굴이 그려진 그림만
보아도 그 근처에는 얼씬도 하지 않겠습니다. 부디 용서하여 주십
시오."

88

귀신이 사라지고 이 소문은 신라에 금세 퍼졌어요.

"처용님의 얼굴을 그려 놓으면 나쁜 귀신이 집에 못 들어온다는 걸."

그때부터 신라 사람들은 해마다 새해가 되면 처용의 얼굴을 그려 대문에 붙여 놓았어요.

나쁜 귀신이 집에 들어오지 못하게 예방을 한 거예요. 또 어떤 사람은 처용의 얼굴을 그린 가면을 쓰고 다니기도 했지요.

처용무는 그때부터 생겨난 춤이에요. 나쁜 귀신을 물리치기 위해 생겨난 가면춤이지요. 이 춤은 조선 시대 말까지 궁궐에서 추었어요.

처음 처용무가 생겼을 때는 한 사람이 추었는데, 춤이 발전하면서 다섯 사람이 함께 추기 시작했어요. 처용무는 나중에 '학춤'과 '연화대무'라는 춤과 합쳐졌어요. 시간이 흐른 뒤 처용무는 일 년 중 마지막 날, 잔치에서 추는 아주 호화스러운 춤으로 바뀌게 되었어요.

검무도 신라 시대부터 전해 내려오는 춤이에요. 검무는 네 사람이 함께 추는 가면춤으로, 신라 때부터 조선 중엽까지는 일반 백성들도 출 정도로 흔한 춤이었어요. 하지만 시간이 흘러 궁중 무용이 되면서 궁중에서만 볼 수 있는 춤으로 바뀌었어요. 이 검무에도 재미있는 유래가 있어요.

신라에 황창랑이라는 소년이 살고 있었어요. 겨우 일곱 살밖에 안 된 나이에 칼춤을 잘 춰서 온나라에 이름이 알려졌어요.

황창랑은 혼자 백제에 가서 칼춤을 추기 시작했어요. 백제 사람들은 모두 황창랑의 칼춤을 칭찬했지요. 하루는 백제 왕이 소문을 듣고, 황랑창을 궁으로 불렀어요.

"네가 칼춤을 아주 잘 춘다지? 어디 내 앞에서 칼춤을 추어 보아라."

황창랑은 백제 왕 앞에서 칼춤을 추었어요. 정말 소문대로 대단한 솜씨였어요. 신하들이 모두 감탄하고 있는 사이에 황창랑은 백제 왕을 칼로 찔러 죽였어요.

"아니, 저놈이!"

화가 난 신하들이 달려들어 황창랑을 죽였고 이 소문은 순식간

에 신라에 퍼졌어요. 그때 신라와 백
제는 서로 원수처럼 지내고 있
었거든요.

"황창랑은 나라를 위해 목
숨을 바친 훌륭한 소년이다."

신라에서는 모두 황창랑을 자랑스러워 했어요. 그리고 황창랑의
얼굴을 그려 넣은 가면을 만들어 쓰고 칼춤을 추었답니다. 이것이
바로 검무가 되었지요.

검무는 두 사람씩 마주 보고 서로 칼싸움을 하는 것처럼 추는

춤이에요. 허리를 앞으로 숙이기도 하고 뒤로 젖히기도 하는데, 칼날이 빙빙 돌아갈 때는 아찔할 정도예요. 옛날에는 진짜 칼을 가지고 춤을 추었지만 1900년 이후에는 날카롭지 않은 가짜 칼을 만들어 사용하기 때문에 위험하지 않지요.

이 밖에도 여러 가지 궁중 무용이 있어요.

봉래의라는 춤은 세종대왕이 직접 만든 춤인데, 태조가 나라를 세운 것을 칭송하기 위해 추던 춤이에요. 승전무는 임진왜란 때 군대의 사기를 북돋우기 위해 추던 춤에서 유래한 궁중 무용이에요. 승전무는 의상, 사용하는 북과 도구, 춤의 구성이 몹시 화려하

답니다.

새를 흉내낸 춤으로는 고려 시대부터 추던 학춤이 있어요. 학의 탈을 쓰고 추는 춤인데, 다른 춤과는 달리 흉내를 내는 춤이기 때문에 아주 재미있어요. 학이 먹이를 쪼아 먹거나 깜짝 놀라 달아나는 모습을 흉내낸 춤으로, 두 사람이 함께 추기도 하고 혼자서 추기도 해요.

궁중 무용은 정재라고도 불러요. '정재'는 궁궐 잔치에 하는 춤과 노래라는 뜻이에요. 보통 나라에 경사가 있거나 임금이 신하들에게 잔치를 베풀 때 추지요. 또는 외국에서 사신이 왔을 때 추기도 하고요.

이런 춤들은 백성들이 쉽게 볼 수 없었는데 궁궐에서만 췄기 때문이에요. 그렇지만 우리 전통 춤을 연구하고 이어 나가는 사람들에 의해 그 맥이 지금까지 이어지고 있어요. 우리의 전통 춤은 몇몇의 사람들만으로 지키는 것이 아니랍니다. 지금부터라도 관심을 가져야 해요. 우리 친구들도 이번 주말에 부모님과 함께 궁중 무용에 대해 자료를 찾아 보거나 공연을 보러 가는 것이 어떨까요?

또 다른 민속 무용

처용무와 검무뿐만 아니라 우리 조상들은 다양한 민속 무용을 즐겼어요. 민속 무용 중에서 대표적인 승무와 살풀이 춤에 대해 알아보아요.

승무는 불교에서 시작된 춤이기는 하지만 스님들만 추는 춤은 아니에요. 승무를 추는 사람은 대개 남빛 치마에 흰 저고리를 입어요. 흰 장삼에 고깔을 쓰고 붉은 가사를 어깨에 멘 다음 양손에는 북채를 들지요.

'장삼'은 스님이 입는 웃옷이고, '고깔'은 모자, '가사'는 왼쪽 어깨에서 오른쪽 겨드랑이 밑으로 걸쳐 입는 법복이에요. 춤을 추면서 북을 치기도 하는 데 사뿐사뿐 걷는 걸음걸이에 고운 어깨춤은 한 마리의 나비를 보는 것 같아요. 승무의 특징은 긴 장삼을 펄럭이며 다양한 표현

승무

을 할 수 있다는 것이지요.

살풀이춤은 남쪽 지방의 무당춤에서 유래되었어요. '살풀이'란 말은 나쁜 기운을 없앤다는 뜻이에요. 이 춤을 추는 사람은 흰 치마와 흰 저고리를 입고 부드럽고 하얀 수건을 들어요. 춤을 추면서 흰 수건을 오른팔, 왼팔로 옮기다가 던져서 땅에 떨어뜨리기도 하지요. 몸을 굽혀 엎드렸다가 다시 수건을 집어 들고 일어나 수건을 흩날리며 춤을 추어요. 살풀이춤은 살풀이 장단에 맞춰서 춰요. 살풀이 장단은 8분의 12박자로 된 장단으로 충청도와 전라도 지방 무속 음악의 중심이 되는 장단이에요. 지금까지도 굿을 할 때 이용하고 있답니다.

그 외에도 남사당패가 공연하던 한량무, 부녀자들의 놀이였던 강강술래가 있어요. 또한 나라의 평안을 기원하는 태평무, 정월 대보름에 추던 동래학춤, 날뫼북춤 등 다양한 민속 무용이 많아요.

순박한 백성들의
맑은 노래
민요

금동이는 산길을 타박타박 걸어가고 있어요.

심부름으로 이웃 마을 작은집에 다녀오는 길이거든요. 금동이는 아무도 없는 산길을 혼자 걷자니 심심했어요. 그때 어디선가 나즈막히 노랫소리가 들려 왔어요.

타박타박 타박네야. 너 어드메 울고 가니.

우리 엄마 무덤가에 젖 먹으로 찾아간다.

물이 깊어서 못 간단다. 물 깊으면 헤엄치지.

산이 높아서 못 간단다. 산 높으면 기어가지.

금동이는 노랫소리를 들으며 곰보 아저씨가 주위에 계실거라고 생각했어요. 곰보 아저씨는 작년에 어머니가 돌아가신 뒤로 매일 이 노래만 부르고 다녔거든요.

아니나다를까 곰보 아저씨가 지게를 지고 산에서 내려오는 중이었어요.

"아저씨, 안녕하세요?"

금동이가 곰보 아저씨에게 꾸벅 인사했어요.

"금동이구나! 혼자서 어디를 다녀오니?"

곰보 아저씨는 풀을 가득 얹은 지게에서 산딸기를 한 움큼 꺼내 금동이에게 주었어요.

"아저씨, 고맙습니다."

금동이는 산딸기를 먹으며 곰보 아저씨와 나란히 걸었어요. 곰보 아저씨는 작대기로 장단을 맞추며 노래를 계속 불렀어요.

우리 엄마 무덤가에 기어기어 가서 보니,

빛깔 곱고 탐스러운 개똥참외 열렸길래

두 손으로 따서 들고 정신없이 먹다 보니,

우리 엄마 살아 생전 내게 주던 젖맛일세.

곰보 아저씨는 마을에서 알아 주는 효자였어요. 어머니가 돌아가신 다음에는 매일 한 번씩 산소에 갔어요. 매일 부르는 노래에도 어머니를 그리워하는 마음이 느껴졌지요. 아저씨의 구성진 노래를 들으며 금동이는 어느새 마을에 도착했어요.

"아저씨, 안녕히 가세요."

금동이는 곰보 아저씨와 헤어져 집을 향해 부지런히 걸었어요.

빨리 집에 가서 동생을 돌봐야 했거든요.

"금동이 왔구나! 은동이 좀 업어 주거라."

어머니가 동생 은동이를 금동이에게 업혀 주고 밭으로 일하러 갔어요. 금동이는 은동이를 업고 아이들을 찾아 냇가 모래밭으로 갔지요.

거북아, 거북아. 새 집 줄 게 헌 집 다오…….

아이들은 모래밭에서 두꺼비집을 지으며 노래를 불렀어요. 금동이도 아이들과 함께 두꺼비집을 지으며 노래를 불렀지요. 두꺼비집 놀이에 싫증이 나자 아이들은 여우잡기 놀이를 시작했어요. 가위바위보를 해서 술래를 정했는데 하필 금동이가 술래가 되었어요.

여우야 여우야, 뭐 하니?

밥 먹는다.

아이들이 금동이에게 합창을 하듯 묻자 금동이가 대답했어요.

무슨 반찬?

개구리 반찬.

아이들은 금동이의 대답에 도망갈 준비를 하며 물었어요.

죽었니? 살았니?

금동이는 잠시 생각하는 척을 하다가 갑자기 소리쳤어요.

살았다!

그러자 아이들이 '와아~' 소리를 지르며 금 밖으로
달아났어요.

금동이는 아이들을 잡으려고 했지만, 은동이를 업고 있었기 때문에 빨리 달릴 수가 없었어요. 결국 금동이가 다시 술래가 되었지요.

금동이는 잠든 은동이를 포대기에 싸서 풀밭에 조심조심 내려놓았어요. 은동이는 새근새근 잠을 자고 있었거든요. 몸이 가벼워진 금동이는 아이들과 신 나게 놀았어요.

어느덧 날이 저물었고, 쌀쌀한 바람이 불자 은동이가 잠에서 깨어나 '으앙' 하고 울음을 터뜨렸어요.

"애들아, 이제 그만 놀고 집에 가자."

금동이는 울고 있는 은동이를 업고 집으로 돌아갔어요. 마당에는 할머니가 나와 있었어요.

"저 영감이 또 술에 취했구먼."

할머니가 옆집을 가리키며 말했어요. 옆집에 사는 딸기코 할아버지는 술만 취하면 노래를 불렀거든요.

아리랑 아리랑 아라리요.

아리랑 고개를 넘어간다.

딸기코 할아버지의 구성진 노랫소리가 멈출 때까지도 은동이는
울음을 그치지 않았어요. 엄마가 젖을 먹였는데도 계속 칭얼대며
울었어요. 아버지가 안아 흔들어 주어도 울음을 그치지 않자 할머
니가 은동이를 안고 노래를 부르기 시작했어요.

자장자장 자는고나. 우리 애기 잘도 잔다.

은자동이 금자동이 수명장수 부귀동이

은을 주면 너를 살까. 금을 주면 너를 살까.

나라에는 충신동이 부모에게 효자동이

형제간에 우애동이 일가친척 화목동이

동네방네 유신동이 태산같이 굳세거라.

하해같이 깊고깊어 유명천하 하여 보자.

잘도 잔다 잘도 잔다. 두둥두둥 잘도 잔다.

금동이도 할머니에게 그 노래를 얼마나 많이 들었는지 다 외울 지경이었어요. 신기한 것은 할머니가 그 자장가를 부르기만 하면 스르르 잠이 오는 거예요. 할머니 품에 안긴 은동이는 금세 잠이 들었어요. 옆에서 할머니 노래를 듣고 있던 금동이도 눈이 스르르 감겼지요.

민요는 누구나 쉽게 부를 수 있는 노래예요. 가사도 쉽고 곡조도 쉽기 때문이에요. 민요가 쉬운 노래를 말한다고 해도 혼자서만 아는 노래는 민요라고 할 수 없어요. 오랜 세월이 흐르는 동안 여러 사람이 그 노래를 좋아하고 같이 부를 수 있어야 민요라고 할 수 있답니다.

민요의 역사는 매우 오래 되어 언제 처음 생겼는지 알 수 없는 민요도 많아요. 우리나라에서 가장 유명한 민요인 '아리랑'도 누가 처음에 지었는지 알 수 없지요. 세월이 흐르는 동안 곡조도 바뀌고 가사도 바뀌어 오늘날 우리가 아는 아리랑이 된 거예요.

'모내기 소리'나 '보리 타작 노래' 같은 민요는 힘든 일을 하면서 잠시나마 피곤한 것을 잊기 위해 부르는 일노래예요. 의식을 치를 때 부르는 민요도 있는데, 장례식 때 부르는 '상여 소리'나 '달구질 소리'가 그런 민요지요. '두꺼비집 노래'나 '고무줄 노래'는 아이

들이 놀면서 부르는 민요고, '노세 노세 젊어서 노세. 늙어지면 못 노나니……' 같은 노래는 어른들이 쉬면서 부르는 민요랍니다.

  민요는 아무 일도 하지 않고 먹고 노는 사람들이 만든 노래가 아니에요. 열심히 땀 흘리고, 일하면서 보람을 찾는 사람들이 민요를 만들어 불렀지요. 이런 이유로 민요는 우리 민족의 생각과 마음을 담아낸 백성들의 진정한 노래랍니다.

강강술래

친구들과 강강술래를 한 적이 있나요? 강강술래는 2009년에 '세계 무형 유산'으로 지정되었어요. 세계가 인정하는 강강술래에 대한 이야기를 들어 볼래요?

'강강술래'는 정월 대보름이나 한가위에 남부 지방에서 여자들이 손을 잡고 둥글게 원을 그리며 부른 노래이자 놀이예요. 지방마다 놀이 방법이나 노래 가사가 조금씩 다르지요. 강강술래를 할 때는 목소리가 크고 좋은 여자가 가운데에서 앞소리를 시작하면 다른 사람들이 뒷소리로 후렴을 부르면서 둥글게 돌아요. 처음에는 늦은 가락으로 시작하다 점점 빨라져서 나중에는 뛰는 것처럼 동작이 빨라지지요.

강강술래는 임진왜란 때부터 시작되었어요. 왜군이 쳐들어오자 열두 척의 배로 싸워야 하는 이순신 장군은 걱정스러웠어요. 우리나라로 쳐들어온 왜군의 배는 350척이었거든요. 아무리 고민해도 왜군과 싸워 이길 방법이

생각나지 않았어요. 고민을 하던 이순신 장군이 갑자기 무릎을 쳤어요.

"어서 성 안에 있는 아낙네들을 불러 모아라."

이순신 장군의 명령으로 성 안의 여자들이 모두 모였지요. 장군은 여자들에게 말했어요.

"자, 이제 수십 명씩 무리를 지어 저 산봉우리를 빙빙 돌도록 하라."

여자들은 이유도 모르고 이순신 장군이 시키는 대로 무리를 지어 산봉우리를 돌았어요. 멀리서 그 모습을 본 왜군들은 수만 대군이 산봉우리를 내려오는 줄 알고 깜짝 놀라 그대로 도망치고 말았어요. 그때 성 안의 여자들이 했던 게 강강술래랍니다. 옛날부터 전해오던 강강술래는 이후로 더욱 세상에 널리 알려지게 되었다고 해요. 강강술래는 여성들의 놀이가 적었던 시절에 여성의 기상을 보여주는 뜻깊은 놀이랍니다.

풍년을 위한 마을 잔치
고싸움놀이

어른들은 고를 만드느라 무척 바빴어요. 해마다 음력 1월 10일부터 아랫마을과 고싸움놀이가 벌어졌기 때문이에요. 볏짚으로 줄을 만들고, 대나무와 통나무를 줄로 묶어서 '곳대가리'와 '몸통'을 만들어 고를 완성했어요. 고의 모양은 마치 커다란 도마뱀 같았지요.

"아니, 저 녀석들이 벌써 왔네."

아랫마을 아이들이 앙증맞은 고를 어깨에 메고 윗마을로 쳐들어왔어요. 예부터 고싸움은 작은 아이부터 점차 큰 아이의 순서로 벌어졌어요. 어른들의 고싸움은 며칠 뒤에 벌어질 거예요.

아랫마을은 서부이고 윗마을은 동부예요. 윗마을은 남자를 아랫마을은 여자를 의미해요.

고를 메고 온 서부 아이들이 동부에 와서 노래를 불렀어요.

이겼네, 이겼네, 서부가 이겼네. 졌네, 졌네, 동부가 졌네.

서부 아이들이 동부를 돌아다니며 노래를 부르고 다니자, 어른들은 아이들에게 얼른 조그만 고를 만들어 주었어요.

"자, 너희들도 가서 싸움을 걸어라."

이번에는 동부 아이들이 고를 메고 서부로 달려가 노래를 불렀어요.

이겼네, 이겼네, 동부가 이겼네. 졌네, 졌네, 서부가 졌네.

동부 아이들이 서부로 쳐들어오자 서부 아이들이 고를 메고 달려나왔어요.

"자, 덤벼라!"

아이들은 어른들 흉내를 내며 고싸움을 시작했어요. 처음에는 동부 아이들이 이기는 것 같았어요.

"와아!"

그 순간 서부에서 더 큰 아이들이 달려나와, 동부 아이들은 마을로 쫓겨 오고 말았어요. 동부 아이들은 분해서 씩씩거렸지요. 그러자 이번에는 마을 청년들이 훨씬 큰 고를 가지고 서부로 쳐들

어 갔어요.

이렇게 닷새쯤 동부와 서부는 주거니받거니 작은 싸움을 벌였어요. 드디어 14일 밤이 되었어요. 마을 사람들은 모두 서낭당

에 모였어요. 마을 어른들이 서낭당에 제사를 지내고 모두들 밤새 풍물을 치며 놀았어요. 대보름날은 쉬고 다음 날부터는 동부와 서부 사람들이 함께 마을의 평화를 기원하는 삼일굿을 했지요. 3일 뒤에 각자 자기 마을로 돌아간 사람들은 풍물을 치며 동네를 돌면서 '지신밟기'를 했어요. 이것은 고싸움을 하기 전에 반드시 하는 행사예요. 지신밟기는 농악대가 집집을 돌며 땅을 맡은 신령인 지신을 달래면서 복을 비는 민속놀이예요. 지신밟기가 끝나자 동부와 서부 사람들이 한자리에 모였어요.

"자, 오늘 밤부터 고싸움을 합시다."

동부와 서부의 대표가 그렇게 약속을 하자 마을 사람들이 '와~' 함성을 질렀어요. 드디어 본격적인 고싸움이 시작되는 거예요. 이웃 마을에서는 고싸움을 구경하기 위해 많은 사람들이 찾아오기 시작했어요.

112

드디어 동부와 서부가 진짜 싸움을 벌이
는 밤이 되었어요. 초저녁부터 동부와 서부
의 싸움꾼들은 큰 고를 메고 상대 마을을 돌
았고, 구경꾼들과 아이들은 따라다니며 목이
터져라 응원했어요.

고싸움 행렬은 맨 앞에 횃불을 든 횃불잡이
가 서고 그 뒤에 깃발을 든 기수들이 서요. 그
뒤에서 농악대가 풍물을 치면 고 위에 줄패장
을 태운 몰꾼들이 고를 메고 뒤를 따라요.

'줄패장'은 고 위에서 싸움을 지휘하면서 상
대편 줄패장과 몸싸움을 벌이는 장군 같은
사람을 가리키는 말이에요. '몰꾼'은 고를 메

고 싸우는 싸움꾼인데 힘이 많이 들기 때문에 힘이 센 어른들 차
지랍니다. 고의 꼬리를 잡는 사람들은 고를 뒤로 빼거나 옆으로 돌
리는 역할을 하는데. 몰꾼에 끼지 못한 어른들이 맡았어요.

　동부와 서부의 싸움꾼들은 농악대를 앞세우고 마을의 경계선에
서 만났어요. 한밤중이지만 달이 밝고 횃불까지 밝혀 놓아 대낮같
이 환했어요.

　농악대들은 신명 나게 풍물을 연주했어요. 사람들도 풍물 소리
에 맞춰 한바탕 놀이판을 벌였어요. 드디어 상대편을 향해 싸울
준비를 했어요. 고 위에 올라선 동부의 줄패장이 기를 앞으로 흔
들자 고가 천천히 앞으로 나아갔어요. 동부가 앞으로 나가자 서부
의 고도 동부의 고를 향해 다가왔어요. 다시 동부의 줄패장이 기
를 뒤쪽으로 흔들자 동부의 고가 몇 발자국 물러났어요. 서부의

고도 똑같이 물러났어요. 양족의 고는 몇 차례나 같은 동작을 반복했어요.

농악대와 응원단은 소리를 지르고 풍물을 치면서 목이 터져라 자기 편을 응원했어요. 한동안 고 위에서 싸우던 줄패장들이 동시에 소리를 질렀어요.

"빼라!"

그러자 동부와 서부의 고가 동시에 뒤로 빠졌어요. 양편의 고가 뒤로 빠져 잠시 쉬는 사이 농악대가 앞으로 나와 흥겨운 놀이판을 벌였어요.

잠시 뒤 줄패장이 기를 흔들며 소리쳤어요.

"밀어라!"

이에 질세라 상대편 고도 달려나왔어요. 양편의 고가 서로 맞물려 하늘 높이 치솟자 줄패장들이 몸싸움을 벌였어요. 그러나 승부가 쉽게 나지 않았어요. 한참을 밀고

당기며 밤새 싸웠지만 어느 편도 이기지 못했지요.

어느덧 아침이 밝아 왔어요.

"자, 오늘은 그만 하고 쉬었다가 밤에 다시 합시다."

양쪽의 대표가 약속을 하자, 양편의 고는 각자 자기 마을로 돌아갔어요. 고싸움은 승부가 쉽게 나지 않기 때문에 며칠씩 하는 경우가 많았어요. 또 놀이가 아니라 마을간에 진짜 싸움이 되는 경우도 종종 있었어요. 서부가 이겨야 풍년이 든다는 말이 전해 내려오지만 동부 사람들도 절대 지려고 하지 않았거든요.

원래 고싸움은 마을끼리 줄다리기 시합을 하기 전에 하던 놀이라고 해요. 그래서인지 줄다리기와 비슷한 점도 많아요. 마을의 거센 기운을 다스리기 위해 고싸움을 하기도 해요.

고싸움놀이는 전라도 지방에서 많이 하는 놀이인데, 일제 강점기에 맥이 끊겼다가 1969년에 다시 시작된 놀이예요.

고싸움놀이는 지금 우리가 직접 하기는 어려운 민속놀이지만, 협동과 단결을 중요시하는 우리 민족의 공동체 놀이라는 것을 잊지 마세요.

협동이 필요한 민속놀이

고싸움놀이는 전라도 지방에서 정월 대보름 전후에 하는 남성 중심의 놀이예요. 이 놀이를 통해 사람들은 협동심과 단결력을 길렀어요. 이런 협동이 필요한 다른 민속놀이는 무엇이 있을까요?

줄다리기에는 외줄다리기와 쌍줄다리기가 있어요. 마을 사람들끼리 편을 갈라 하기도 하고, 다른 마을과 시합을 하기도 해요. 줄다리기는 마을굿과 관련이 있어서 줄다리기가 끝나면 그 줄을 마을의 당산에 감아 놓았어요. 동쪽은 남성, 서쪽은 여성을 나타내기 때문에 생산을 상징하는 여성이 이겨야 풍년이 든다고 믿었답니다.

차전놀이는 다른 말로 동채싸움이라고 불러요. 강원도 춘천이나 경북 안동 지방에서 많이 했어요. 강원도의 차전놀이는 마을마다 바퀴가 하나 달린 수레를 만들어 그것을 밀면서 싸우는 놀이였는데 지금은 없어졌지요.

안동의 차전놀이는 무형 문화재로 지정되어 지금까지 전해지고 있어요. 나무

로 만든 놀이기구를 공중에서 서로 부딪쳐 상대편 대장을 떨어뜨리는 놀이인데 재미있는 것은 편을 가를 때 출생 지역별로 나눈다는 거예요. 그러니까 같은 식구라도 윗마을과 아랫마을에서 태어난 사람이 있으면 편이 갈리게 되지요.

횃불싸움은 아이들 놀이예요. 대보름날에 쥐불놀이와 달보기 등을 한 다음, 횃불로 불을 피워 더 큰 불길을 만드는 쪽이 이기는 놀이지요.

팔매싸움이라고 부르는 석전은 매우 위험한 놀이예요. 마을끼리 편을 갈라 돌을 던지며 싸우는 놀이인데, 다치는 사람이 많았답니다. 이렇게 위험한 횃불싸움과 팔매싸움을 하는 이유는 외적의 침입이 많았던 우리나라의 특징과 관련이 있어요. 전쟁을 대비하는 목적이 있었거든요.

학춤처럼 부드러운 무예
태껸
학춤처럼 부드러운 무예

"서거라!"

사범의 구령에 두 제자가 서로 마주 보고 섰어요. '서거라'는 태껸에서만 사용하는 구령인데 '준비'와 같은 말이에요. 제자들은 하얀 한복을 입었는데, 한 제자는 오른쪽 발목에 청색 띠를 맸고 다른 제자는 백색 띠를 맸어요.

"섰다!"

사범의 구령이 끝나자마자 두 제자는 상대방의 정강이를 가볍게 차면서 경기를 시작했어요. '섰다'도 태껸의 구령인데 '시작'이라는 뜻이에요. 상대방이 정강이를 가볍게 차는 것도 태껸의 규칙이지요. 제자들은 마치 춤을 추는 것처럼 손과 발을 굼실거리면서 상대방을 공격했어요.

두 사람이 대결하는 것을 '결련 태껸'이라고 해요. 결련 태껸은 상대방에게 손질, 발질 등 어떤 기술을 사용해도 되지만 상대방을 주먹으로 때리거나 급소를 공격할 수 없어요. 그래서 공격할 때도 손바닥이나 발바닥을 주로 이용해요.

결련 태껸에서 재미있는 것은 체급이에요. 다른 경기에서는 미들급이나 헤비급 등의 말을 쓰는데, 태껸에서는 윷놀이에서 쓰는 도·개·걸·윷·모를 써요. 몸무게가 가벼운 사람은 도가 되고 무거운 사람은 모가 되는 거예요.

"이크!"

"에크!"

두 제자는 기합을 넣으며 열심히 결련을 했는데 '이크' 나 '에크'는 태껸에서 쓰는 기합이에요. 제자들의 동작은 어딘가 엉성했어요. 사실 두 제자는 태껸을 배운지 얼마 안 되었거든요.

"멈춰라!"

사범이 두 사람에게 소리쳤어요.

"아직 결련을 하기에는 실력이 부족하니 품밟기부터 다시 하거라."

두 제자는 서로 머쓱한 표정을 지었어요. '품밟기'란 태껸 수련을 하기에 앞서 준비 운동을 하는 거예요. 고정된 삼각형의 세 점을 밟으면서 굼실거림과 능청거림을 반복하는 거예요. 굼실거림은 무

료를 굽혔다 폈다 하는 동작이고, 능청거림은 춤을 추는 듯한 동
작으로 아랫배를 최대한 앞으로 내밀어 허리 힘을 기르는 동작이
에요.

"품밟기를 잘해야 다른 기술을 배울 수 있다. 품밟기가 모든 기
술의 기본이야. 그 다음에는 활갯짓을 잘해야 하고."

'활갯짓'은 두 팔을 사방으로 저으며 굼실거리는 것을 말하지요.

사범은 두 제자를 번갈아 보며 말했어요.

"태껸의 특징은 부드러움에 있는 거야. 떠다니는 구름처럼, 춤을
추는 학처럼 우아한 자세가 되어야 비로소
태껸이 되는 것이지."

두 제자는 사범의 설명을 들으며
열심히 품밟기를 했어요.

태껸의 역사는 매우 오래 되었어요. 고구려의 벽화나 백제의 향로에 나타나 있거든요. 고구려 벽화의 맨손으로 무예를 하는 장면이나 백제 금동대향로에 무인상이 조각되어 있는데, 그때부터 태껸을 했을 거라고 추측하거든요. 조선 시대에는 장수를 뽑는 무과 시험에 태껸이 시험 과목으로 들어 있었답니다.

사범은 열심히 품밟기를 하고 있는 제자들에게 말했어요.

"태껸을 무용이라고 생각하거라. 상대방을 이기겠다는 생각보다는 몸을 부드럽게 하는 것을 중요하게 생각해야 한다."

태껸은 관절에 무리를 주지 않기 때문에 누구나 즐길 수 있는 운동이에요.

"자, 이제부터 나를 따라 해 보아라."

사범은 잠시 품밟기를 하다가 오른발을 하늘 높이 차올리더니 발바닥을 앞을 향하게 하여 쭉 밀어 찼어요. 두 제자도 사범 흉내를 내 오른발을 높이

차올렸지만, 중심이 잡히지 않아 뒤뚱거리다 넘어지고 말았어요.

"몸의 중심을 잡지 못하는 것은 품밟기가 부족하다는 뜻이다. 지금 이 동작은 '질러차기'라는 기술이다. 태껸에서는 발 기술이 가장 중요하지."

사범이 이번에는 '째차기'를 보여 주었어요.

"이렇게 발등으로 안에서 밖으로 비틀어 차는 것을 째차기라고 한단다."

두 제자가 사범의 동작을 따라 하려고 했지만 쉽지가 않았어요. 이번에는 사범이 가볍게 품밟기를 하며 제자들에게 다가갔어요.

"무릎을 굽혔다 폈다 하는 굼실거림을 잘해야 몸의 중심이 제대로 잡히지. 너희들은 아직 몸이 굳어 있어. 자, 이번에는

품밟기를 하면서 내게 와 봐라.”

한 사람이 사범에게 다가가자 사범이 오른발로 그 제자의 발목을 가볍게 건드렸어요. 제자는 엉겁결에 엉덩방아를 찧으며 넘어졌어요.

“이것은 ‘딴죽차기’라는 기술이다. 상대방이 방심하면서 움직일 때 땅을 딛고 있는 발을 가볍게 건드리기만 해도 이렇게 넘어지는 거야. 하지만 품밟기가 잘 되어 있는 사람은 몸의 중심을 잘 잡기 때문에 쉽게 넘어지지 않지.”

사범은 몇 가지 기술을 보여 준 다음 다시 제자들에게 품밟기를 시켰어요. 품밟기가 웬만큼 되면 그 다음에는 한 자리에서 기술을 익히는 ‘서서 익히기’ 훈련

을 해요. 서서익히기 다음
에는 '나아가며 익히기'인
데 이 훈련은 앞으로 걸어
가면서 손기술과 발기술
을 연결하여 익히는 것이
지요. 그런 다음에 '마주
메기기'를 하는데 그 동안
익힌 기술을 써서 다른 사
람과 대결을 하는 거예요.

　태껸의 역사가 오래 되기
는 했지만 일제 강점기에 그 맥이 끊어진 적이 있었어요. 일본 사람
들이 우리 민족의 문화를 없애려는 정책을 썼기 때문에 태껸이 사
라질 위기에 처한 거예요. 그때 우리 전통 무예에 관심을 가진 송덕
기라는 사람이 있었어요.

"내가 태껸의 맥을 이어야겠다."

　송덕기 선생은 전국에 숨어 있는 태껸의 고수를 찾아다니며 기
술을 한 가지씩 배웠어요. 그리고 태껸의 맥을 이어 제자들을 가
르쳤어요. 대표적인 제자가 신한승 선생이에요. 그분들의 노력으

로 태껸은 1983년에 무형 문화재 제76호로 지정받았지요.

태껸은 다른 무술과는 다르게 예술성이 짙어요. 음악적이고 무용적인 리듬을 지닌 무술이거든요. 또한 상대방을 공격하기 보다는 수비에 치중하는 배려하는 무술이지요.

송덕기 선생이 태껸의 맥을 잇지 않았다면 우리는 지금 태껸이라는 말도 모를 뻔했어요.

우리가 잘 아는 태권도도 바로 이 태껸에서 발전된 무술이지요.
그렇기 때문에 태껸은 태권도 못지 않은 값진 우리 문화유산이랍
니다.

전통 무예

태껸은 유연한 동작으로 상대방을 제압하고 자기 몸을 방어하는 우리 고유의 무술이에요. 우리 민족만의 고유한 무술이 궁금하지 않나요? 우리의 전통 무예에 대해 알아보아요.

태껸은 동작이 마치 춤을 추는 것 같아 예술성이 가득하지요. 송덕기 선생이 아니었다면 볼 수 없었던 전통 무예예요. 우리 조상들은 자연과 함께 여러 가지 무예를 익히며 몸과 정신을 수련했어요.

'기천'은 백두산이나 설악산 같은 명산을 지키는 지킴이들에게 전해 내려온 고유 무술이에요. 기천을 처음 배울 때는 아무것도 가르쳐 주지 않아요. 그저 먼저 배운 사람들의 모습을 흉내내기만 하는데, 가장 먼저 단전 호흡을 배워요. 그 다음에 칼이나 나무봉을 몸의 일부처럼 사용 할 수 있는 무술을 배우지요. 기천은 산사람들에게만 전해 오다가 설악산 지킴이였던 박대양 선생이 산을 내려와 제자들을 가

송덕기 선생

르치던 1970년대에 일반인에게 알려졌어요.

'마상 무예'는 말을 타고 적과 싸우는 기술을 말해요. 말을 탄 채 활을 쏘거나 칼싸움을 하는 것이지요. 우리는 옛날부터 말을 타고 전쟁을 치른 민족이기 때문에 마상 무예가 매우 발달했어요. 마상 무예에서 사용하는 칼이나 창 등의 무기는 휘어져 있는 것이 특징이에요. 말이 빠른 속도로 달리기 때문에 무기를 사용할 때 몸에 충격을 덜 받기 위해서 그렇게 만들었다고 해요.

'무예24반'은 조선 시대에 전해지던 군사용 무예인데, 갑옷과 투구 차림을 하고 말을 탄 무사가 도리깨 모양의 무기로 싸우는 것을 말해요. 무예24반은 마상 무예와 비슷하지요.

'수벽치기'는 태껸과 사촌쯤 되는 역사가 오래 된 무예예요. 수벽치기는 주먹이나 발이 아닌 손바닥을 주로 써서 상대방을 공격해요. 수벽치기는 고구려의 고분벽화에 있는 '수박희도'에서 찾아 볼 수 있답니다.

부록
교과가 튼튼해지는
우리 것 우리 얘기

우리 조상들의 뛰어난 문화와 예술을 잘 살펴보았나요?

눈에 보이지 않지만 오랫동안 전해 내려온 무형 문화재인 판소리나
전통 춤, 전통 무예는 우리에게 매우 중요해요.
무형 문화재에는 우리 조상들의 삶과 숨결이 깃들어 있는데다가
역사적, 예술적, 학문적 가치가 매우 크기 때문이에요.
우리 민족의 역사와 전통이 담긴 무형 문화재를 더 자세히 알아보아요.

전국의 무형 문화재를 찾아서

우리에게 전해 내려오는 판소리, 전통 춤, 전통 무예, 가락 중에서 중요한 것들을 무형 문화재로 지정해 보호하고 있어요. 전국 각지에 전해 내려오는 무형 문화재에 대해 자세히 알아볼까요?

• 학연화대합설무 무형 문화재 제40호

조선 전기 궁중에서 악귀를 쫓기 위해 의식을 한 다음에 학무와 연화대무를 공연하는 것을 말해요. 학무는 학탈을 쓰고 추는 춤이고 연화대무는 왕의 덕망에 감격하여 춤과 노래로써 그 은혜에 보답한다는 내용이지요.

• 피리정악 및 대취타 무형 문화재 제46호

부는 악기(취악기)와 치는 악기(타악기)를 함께 연주하는 것을 취타라고 해요. 대취타는 왕의 행차나 군대의 행진 또는 개선 등에서 연주했어요.

• 연신굿 및 대동굿 무형 문화재 제82-2호

황해도 해주, 옹진, 연평도 등에서 마을의 평안과 고기를 많이 잡을 수 있게 기원하는 마을굿이에요.
화려하고 규모가 큰 굿으로 소용되는 도구가 매우 많아요.

• 평택 농악 무형 문화재 제11-2호

농산물이 풍부한 평택에서 상부상조 정신인 두레의 전통
에 뿌리를 둔 농악이에요.
 남사당패의 연희를 받아들여 공연의 수준이 높고 무동놀
이가 특히 발달했어요.

• 수영야류 무형 문화재 제43호

대보름에 산신령과 샘물 그리고 최영 장군 묘에 제사를
지내고 놀던 탈춤 놀이예요. 바다를 지키던 수군들이 놀
던 것을 마을 사람들이 이어받았어요.

• 좌수영어방놀이 무형 문화재 제62호

새해를 맞아 고기 많이 잡기를 기원하는 놀이예요. 어
부들이 그물로 고기를 잡으며 노
래를 부르는데, 작업 과정
에 맞춘 앞소리, 뒷소리, 맞는
소리로 구성되어 있어요.

• 동해안 별신굿 무형 문화재 제 82-1호

마을의 풍요와 어민들이 고기를 많이 잡을 수 있도록
기원하는 마을굿이에요.
동해안 별신굿은 굿에서 추는 춤이 다양하고 익살스런
대화와 몸짓 등으로 오락성이 강해요.

• 은산 별신제 무형 문화재 제9호

백제 군사의 넋을 위로하고 마을의 풍요와 평화를 기원하는 축제예요. 이 별신제는 부여에서 열리는데 3년에 1번씩 열리고 15일 동안 약 100명이 참석하는 큰 행사예요.

• 기지시 줄다리기 무형 문화재 제75호

재앙을 막고 풍년을 기원하는 민간 신앙의 의미가 있는 줄다리기예요. 줄의 길이는 50~60미터이며 지름이 1미터가 넘는 대규모의 마을 행사랍니다.

• 임실 필봉농악

무형 문화재 제11-5호

임실 필봉농악은 꽹과리 가락의 맺고 끊음이 분명하여 가락이 힘차고 씩씩해요. 개인의 기교보다 단체의 화합과 단결을 중시해요.

• 위도 띠뱃놀이

무형 문화재 제82-3호

마을의 평안과 고기를 잘 잡을 수 있도록 기원하는 것으로 매년 1월에 열리는 행사예요.
용왕굿을 할 때 띠배를 띄워 보내는데, 띠배는 짚을 엮어 만들어요. 배 안에는 제물과 함께 7개의 허수아비, 돛대, 닻을 만들어 넣어요.

• 경산 자인 단오제 무형 문화재 제44호

단옷날 한장군 묘를 한 바퀴 도는 가장행렬을 하고 제
사를 지내 성대한 놀이판을 벌여요.
화려한 가장행렬로 화관의 높이가 3미터나 되고 춤사위
가 매우 화려하지요.

• 진주 검무 무형 문화재 제12호

진주 지방에 전승되는 여성 검무로서 궁에서 잔치에 추던 춤이에요.
진주 검무는 도드리장단, 느린타령, 빠른타령에 맞추어 무사복을 입
은 8명의 무용수가 2줄로 마주 보고 서서 양손에 색동천을 끼고 칼
을 휘저으며 춤을 춰요.

• 밀양 백중놀이 무형 문화재 제68호

바쁜 농사일을 끝내고 고된 일을 하던 머슴들
이 음력 7월에 주인에게 휴가를 얻어 흥겹게
놀던 것을 말해요.
상민과 천민들의 한이 놀이 전체에서 익살스럽
게 표현되어 있고, 춤 동작이 매우 활달해요.

• 제주 칠머리당 영등굿 무형 문화재 제71호

칠머리당 영등굿은 영등신에 대한 제주도 특유의 해녀 신
앙과 민속 신앙이 담겨져 있는 굿이에요.
우리나라 유일의 해녀 굿으로 의미가 있어요.

〈오십 빛깔 우리 것 우리 애기〉 시리즈
권별 교과 연계표

국 국어　**사** 사회　**과** 과학　**도** 도덕　**음** 음악　**미** 미술
체 체육　**실** 실과　**바** 바른 생활　**슬** 슬기로운 생활　**즐** 즐거운 생활

- 신 나는 열두 달 명절 이야기　　**국** 3-2　**사** 3-1　**사** 3-2　**사** 4-1
- 관혼상제 재미있는 옛날 풍습　　**국** 1-2　**국** 4-1　**사** 3-2　**사** 5-2
- 조상들은 어떤 도구를 썼을까　　**국** 2-2　**사** 3-1　**사** 5-1　**사** 5-2
- 옛날엔 이런 직업이 있었대요　　**국** 5-1　**국** 6-2　**사** 3-1　**사** 4-2
- 꼭 가 복고 싶은 역사 유적지　　**국** 4-1　**국** 4-2　**사** 6-1　**사** 6-2
- 신토불이 우리 음식　　**국** 3-1　**사** 3-1　**사** 5-1　**사** 6-2
- 어깨동무 즐거운 우리 놀이　　**국** 4-1　**사** 5-2　**체** 4　**즐** 2-2
- 나라를 다스린 법 백성을 위한 제도　　**사** 3-2　**사** 4-1　**사** 6-1　**사** 6-2
- 하늘을 감동시킨 효자 이야기　　**도** 3-1　**도** 5　**바** 1-1　**바** 2-2
- 오천 년 지혜 담긴 건물 이야기　　**국** 4-1　**국** 4-2　**사** 5-1　**사** 5-2
- 세계가 놀란 발명 이야기　　**국** 3-1　**국** 5-2　**사** 3-1　**사** 5-2
- 빛나는 보물 우리 사찰　　**국** 4-1　**사** 6-2　**바** 2-2
- 나라의 자랑 국보 이야기　　**국** 4-1　**국** 5-2　**사** 5-1　**바** 2-2
- 나라를 지킨 호랑이 장군들　　**국** 4-2　**국** 6-1　**사** 6-1　**바** 2-2
- 오천 년 우리 도읍지　　**국** 4-1　**사** 5-2　**사** 6-1
- 하늘이 내린 시조 임금님들　　**사** 5-1　**바** 2-2
- 옛날 관청과 공공시설　　**사** 3-1　**사** 3-2　**사** 6-1　**사** 6-2
- 옛사람들의 우정 이야기　　**국** 4-1　**국** 6-2　**도** 3-1　**바** 1-1
- 얼쑤 흥겨운 가락 신 나는 춤　　**국** 6-1　**국** 6-2　**사** 3-1　**음** 3
- 아름다운 독도와 우리 섬　　**국** 2-1　**국** 4-1　**국** 5-2　**사** 4-1
- 오천 년 우리 강 이야기　　**사** 3-2　**사** 5-1

오십 빛깔 우리 것 우리 얘기 19
얼쑤, 흥겨운 가락 신 나는 춤

초판 1쇄 발행 | 2011년 3월 11일
초판 3쇄 발행 | 2013년 12월 30일

글쓴이 | 우리누리
그린이 | 홍수진

발행인 | 김우석
제작총괄 | 손장환
책임편집 | 최은정
마케팅 | 김동헌, 김용호, 이진규, 이효정

디자인 | bysukey.com
인쇄 | 성전기획

발행처 | 중앙북스
등록 | 2007년 2월 13일 제2-4561호
주소 | (121-904) 서울시 마포구 상암동 1651번지 상암DMCC빌딩 20층
편집문의 | (02) 2031-1381
구입문의 | 1588-0950
팩스 | (02) 2031-1399
홈페이지 | www.joongangbooks.co.kr

ⓒ 우리누리, 2011

ISBN 978-89-278-0107-8 14800
       978-89-278-0092-7 14800(세트)